共和国故事

腾飞准备

——首都钢铁公司进行改革尝试

郑明武 编写

吉林出版集团股份有限公司

图书在版编目（CIP）数据

腾飞准备：首都钢铁公司进行改革尝试/郑明武编. ——

长春：吉林出版集团股份有限公司，2009. 12

（共和国故事）

ISBN 978-7-5463-1773-1

Ⅰ. ①腾… Ⅱ. ①郑… Ⅲ. ①纪实文学－中国－当代 Ⅳ. ①I25

中国版本图书馆 CIP 数据核字（2009）第 236799 号

腾飞准备——首都钢铁公司进行改革尝试

TENGFEI ZHUNBEI   SHOUDU GANGTIE GONGSI JINXING GAIGE CHANGSHI

编写   郑明武

责任编辑   祖航   李娇

出版发行   吉林出版集团股份有限公司

印刷   三河市嵩川印刷有限公司

版次   2010 年 1 月第 1 版   2022 年 1 月第 10 次印刷

开本   710mm×1000mm   1/16   印张   8   字数   69 千

书号   ISBN 978-7-5463-1773-1   定价   29.80 元

社址   吉林省长春市福祉大路 5788 号

电话   0431－81629968

电子邮箱   tuzi8818@126.com

前　言

　　自 1949 年 10 月 1 日中华人民共和国成立至今,新中国已走过了 60 年的风雨历程。历史是一面镜子,我们可以从多视角、多侧面对其进行解读。然而有一点是可以肯定的,那就是,半个多世纪以来,在中国共产党的领导下,中国的政治、经济、军事、外交、文化、教育、科技、社会、民生等领域,都发生了深刻的变化,中国人民站起来了,中华民族已屹立于世界民族之林。

　　60 年是短暂的,但这 60 年带给中国的却是极不平凡的。60 年的神州大地经历了沧桑巨变。从开国大典到 60 年国庆盛典,从经济战线上的三大战役到经济总量居世界第三位,从对农业、手工业、资本主义工商业的三大改造到社会主义市场经济体制的基本确立,从宜将剩勇追穷寇到建立了强大的国防军,从废除一切不平等条约到独立自主的和平外交政策,从"双百"方针到体制改革后的文化事业欣欣向荣,从扫除文盲到实施科教兴国战略建设新型国家,从翻身解放到实现小康社会,凡此种种,中国人民在每个领域无不留下发展的足迹,写就不朽的诗篇。

　　60 年的时间在历史的长河中可谓沧海一粟。其间究竟发生了些什么,怎样发生的,过程怎样,结果如何,却非人人都清楚知道的。对此,亲身经历者或可鲜活如昨,但对后来者来说却可能只是一个概念，对某段历史的记忆影像或不存在，或是模糊的。基于此，为了让年轻人，特别是青少年永远铭记共和国这段不朽的历史，我们推出了这套《共和国故事》。

《共和国故事》虽为故事，但却与戏说无关，我们不过是想借助通俗、富于感染力的文字记录这段历史。在丛书的谋篇布局上，我们尽量选取各个时代具有代表性或深具普遍意义的若干事件加以叙述，使其能反映共和国发展的全景和脉络。为了使题目的设置不至于因大而空，我们着眼于每一重大历史事件的缘起、过程、结局、时间、地点、人物等，抓住点滴和些许小事，力求通透。

历史是复杂的，事态的发展因素也是多方面的。由于叙述者的视角、文化构成不同，对事件的认知或有不足，但这不会影响我们对整个历史事件的判断和思考，至于它能否清晰地表达出我们编辑这套书的本意，那只能交给读者去评判了。

这套丛书可谓是一部书写红色记忆的读物，它对于了解共和国的历史、中国共产党的英明领导和中国人民的伟大实践都是不可或缺的。同时，这套丛书又是一套普及性读物，既针对重点阅读人群，也适宜在全民中推广。相信它必将在我国开展的全民阅读活动中发挥大的作用，成为装备中小学图书馆、农家书屋、社区书屋、机关及企事业单位职工图书室、连队图书室等的重点选择对象。

编　者
2010 年 1 月

一、 筹划实施

● 有些工人抱怨说："新的制度实施后，大家的奖金扣得比较厉害。"

● 周冠五踌躇满志地对首钢工人和干部们说："今年我们用节省下来的能源多炼些钢铁，多轧些钢材，大干一场，为国家多做贡献！"

● 张彭看了看大家说："今年市里的日子不好过，就是要给你们加加压。"

中央同意首钢进行改革

1979 年初，党的十一届三中全会后的第一个春天到来了。和煦的春风吹遍神州大地，吹绿了祖国的万水千山，更吹动了华夏儿女的心。

此时，中国经济改革的星火率先在农业领域于安徽小岗村点燃，而工业领域的改革虽然还没有开始，但是种种迹象告诉人们，一场工业领域改革的风暴即将来临。

作为当时国内超大型企业的首都钢铁公司，也将在此次大变革的浪潮中，成为改革的急先锋，创造更大的辉煌。

首钢始建于 1919 年，原来叫石景山钢铁厂，属于中国较早的几个钢铁厂之一。然而，在当时的环境下，首钢发展比较缓慢，到新中国成立前夕，首钢 30 年累计产铁 28.6 万吨。

新中国成立后，首钢迎来了新生，翻身做了主人的首钢人劳动积极性大增，从而使首钢走向快速发展阶段，各项发展指标不断刷新。

1958 年，首钢建起了我国第一座侧吹转炉，从而结束了首钢有铁无钢的历史。

1964 年，首钢又建成了我国第一座氧气顶吹转炉，这也是在我国最早采用高炉喷吹煤技术。

然而，随着时间的推进，首钢同其他国有企业一样，都面临一些相同的问题：企业自主权小、工人劳动积极性低等。

当时，担任首钢总经理兼党委书记的周冠五，虽然管理20万职工，但他甚至连签字改造一个厕所的权力都没有。

与此同时，企业没有额外自主获取利润的权力，国家下达多少任务就生产多少，职工的积极性也比较低，上班期间喝茶聊天、人浮于事等问题使这个昔日风光无限的大型企业走入了低谷。

因此，当时为了企业的发展，首钢领导层对企业自主权的追求变得格外迫切。

1978年底，随着党的十一届三中全会精神的传达，首钢的领导层看到了希望，他们决定乘此东风，大干一场，推动首钢再创辉煌。

1979年初，敏锐的周冠五意识到首钢不改革不行了，而现在国家对待改革上又表示支持。于是，他亲自组织报告，送交北京市和冶金部领导，主动请缨，争当改革试点单位。

5月25日，国家经委、财政部、外贸部、中国人民银行、国家物资总局、国家劳动总局等部门联合发出通知，确定京津沪8个企业为国企改革试点。首钢作为大型企业，名列这8个国企改革试点首位。

就这样，周冠五的申请成功了。

7月13日，国务院一连印发了5个文件，对扩权予以明确规定，其中最重要的有两条：

一是在利润分配上，给企业以一定比例的利润留成；

二是在权力分配上，给企业以一定的生产计划、产品购销、资金运用、干部任免、职工录用等方面的权力。

当时，国家给这8个企业的权力和活力是很有限的。

但是，对于周冠五来说，他终于有一种松了绑的轻松感觉，一种长期被捆、被压、受束缚而得以解脱的感觉。

只要有一方可以驰骋的空间，就不怕它小，周冠五会拓宽它。

从此，周冠五的改革有了"尚方宝剑"，一场轰轰烈烈的首钢改革拉开了帷幕。

首钢推行"三个百分百"

1979 年下半年，首钢开始进行改革，首先试行利润留成。

新的改革提高了工人的积极性，这使改革很快就取得了很高的收益。

1979 年 12 月 15 日，一座国际先进水平的新二高炉顺利投产，并且不到一年半就收回了全部投资。

1980 年，首钢又实行以税代利，但是这种试行只是小范围的，还不是真正意义上的改革，仅仅是对原有政策上的一些松动，还存在"旱涝保收"的弱点，政策的激励作用不大。

然而，这种小范围的松动，仍然给首钢带来了不小的成功。工人的面貌改变了，企业的效益提高了。

于是，周冠五决定按着既定的思路，继续进行改革，力争取得更大的辉煌。

1980 年夏天，周冠五迅速推行了一项闻名于中国工业界的"三个百分百"：

　　1. 每个职工都必须百分之百地执行规章制度；

　　2. 出现违规违制，都要百分之百地登记

上报;

3. 不管是否造成损失，对违制者要百分之百地扣除当月全部奖金。

以往国有企业里提出政策，常常不被认真执行，这次周冠五提出的"三个百分百"得到了认真执行。

推行"三个百分百"后，首钢的各项工作都要按着这个标准执行。就连迟到一分钟或者在车间不戴安全帽，都会被扣奖金。一般的违规最少扣罚一个月的奖金，严重的则要罚去3个月甚至更多的奖金。同时，最严重者还会被降职、撤职。

"三个百分百"的实行在当时引起了很大的争议，多年在全民所有制企业里工作的工人，一下子很难适应这么严格的规定。

有些工人抱怨说："新的制度实施后，大家的奖金扣得比较厉害。"

尽管有个别员工抱怨，但这项政策的最终结果"很成功"。据首钢石钢铸造厂原总工程师高伯聪后来回忆说：

这种责任、考核、奖惩三者结合一体的管理方式，使首钢的生产和工作秩序很快恢复。

"三个百分百"认真执行的效果是非常明显的。实行之前，首钢一个月违章违纪的曾达 2000 多人次，有了"三个百分百"后，违章违纪顿时减少了 60%。

与违规违纪减少相伴随的，还有首钢良好的生产秩序和日益提高的生产效益。

1980 年，首钢实现利润和上缴利税比历史最高水平的 1978 年有大幅度增长。

看到小小变动带来的巨大成功，周冠五心里更有底了，他看到了改革的巨大作用，更看到了首钢辉煌的明天。

1981 年初，周冠五踌躇满志地对首钢工人和干部们说："今年我们用节省下来的能源多炼些钢铁，多轧些钢材，大干一场，为国家多做贡献!"

然而，就在周冠五准备大干一场时，首钢却遇到了一个不小的麻烦。

筹划实施

首钢率先实行承包制

1981 年，我国国民经济进行调整，中央要求全国基建压缩，钢铁限产。

1981 年 4 月，国家经委、财政部、物资总局、冶金部等 8 个单位联合发出通知，对全国钢铁实行严格限产。

盖着 8 枚 8 个单位印章的通知指出：

> 第一季度重工业产品超产太多，能源、交通和原料供应紧张，轻工业的发展受到了严重限制。
>
> 当务之急，必须立即削减重工业产品的产量，为轻工业让路……

在此次大刹车中，刚刚尝到改革甜头的首钢也未能幸免，根据中央的要求，首钢当年需要减产任务是 33 万吨钢铁，综合减产 9%。

面对这个突变，周冠五等人似乎没有任何思想准备。但中央的政策必须执行，毕竟首钢作为国有企业必须以国家大局为重。

于是，首钢的二号高炉停了。

然而，就是在这种情况下，首钢改革的转机出现了！

原来，在当时，党的十一届三中全会以后，中国大规模的经济建设开始全面铺开，国家对经济建设的投入大增，这样一来，国家财政显得紧张起来。

于是，在上海召开的全国工交会议上提出，国家面临着财政困难，各地都要尽可能多交利税，北京市作为全国大企业比较集中的城市，必须超计划上缴 1 亿元利润。

会后不久，参加会议的副市长张彭来到首钢，来落实北京市计划外的 1 亿元利润问题。

张彭和首钢几位领导在红楼招待所坐下后，开门见山地说："冠五，原先市里要你们今年力争上缴国家 2.7 亿元，现在我看不要力争了，干脆来个包干 2.7 亿元算了。超额多留，亏损自负。怎么样？"

减产 9%，却要首钢上缴利润增加。面对这个要求，首钢的领导们都沉默了。

张彭看了看大家，他心里的那本经比首钢更难念。

于是，他又说："今年市里的日子不好过，就是要给你们加加压。"

最后，还是周冠五打破了沉默，他从坐凳上站起来，冲着张彭说："同意。承包！"

接着，周冠五又说了一句："张市长，我们同意包干 2.7 亿元。不过要全体职工讨论同意后，才能正式打报告。"

张彭悬着的一颗心终于落下了。他狠劲地握了一下

筹划实施

周冠五的手，什么话也没说。

张彭走后，首钢几位领导的眉头皱成了一团。他们默默地坐着，都想着心事。

一个领导把首钢所有的家底全抖了出来，他对周冠五说："周书记，满打满算，首钢的利润最多只能达到2.65亿元。全部上缴也不够呀！"

其他干部也说："是啊，这样一来，咱们首钢的留成一个也没有了，怎么再生产？还有职工的福利呢？"

周冠五听罢，摇摇头，微笑着说："这么算账当然没有错，但是仅仅这样算显然不够，很不全面。因为它没有把承包后给职工带来的积极性创造力算进去。而算上这一点又是多么重要啊！"

当时，对于工业战线来说，承包制还是个新事物，到底承包制有多大威力谁也吃不准。

于是，首钢公司再次召开领导班子和一部分业务部门领导参加的骨干会，专题研究如何攻克2.7亿元的这个问题。

在会上，周冠五首先明确表态："国家有困难，首钢也有困难。但是，国家的困难比首钢更大，我们要义不容辞地为国家分忧。"

停顿了一下，周冠五攥紧拳头，大声地说道："为了保证完成财政上缴任务，咱们要把减产减收变为减产增收！"

这"增、减"二字的一删一改，说起来容易，做起来就难了。但是，周冠五却信心十足，说："我们被逼上梁山了，唯一的出路是改革。深化改革，要坚持承包制。我是相信这个'包'字的，它可以把大家的积极性和智慧调动起来，挖掘出来。企业的潜力会在这个'包'字中充分地显示出来。"

接着，周冠五又给大家算了一笔账：1981 年首钢将要完成的利润不能是 2.7 亿元，而应该是 3.12 亿元。因为除了上缴利润外，还有扩大再生产的资金，职工的工资、奖金以及其他集体福利事业。

于是，3.12 亿元增利目标就这样在首钢提出来了。

这个目标对于此时的首钢来说，可是个大数字啊！要完成这个目标，必须做好战斗前的动员工作。

在首钢召开职工代表大会，周冠五开始了动员讲话。他铿锵有力地说：

我们是首钢人，首钢人与别人有什么不同吗？有。这就是我们是企业改革的先行厂之一。国家把权力放给了我们，把条件交给了我们，同时把责任也就转到了我们身上。

1981 年要完成利润 3.12 亿元，这既是我们的奋斗目标，也是必须要攻下来的一个碉堡。

拿下 3.12 亿元，不仅对国家有利，我们企业本身也会搞更多的福利设施，包括每个职工的奖金都会有所增加。一句话，3.12 亿元的利润我们一定要完成，除非就在首钢的地下发生地震我们才改变这个决心！

周冠五那富有激情的讲演，大大鼓舞了首钢的干部和工人，他们的信心和激情也被调动起来了，纷纷表示支持承包，保证尽力完成任务。

动员会后，周冠五把首钢人的决心报告给了北京市政府。

张彭听了汇报后非常激动，急忙对周冠五说："冠五，拜托了！非常感谢首钢对北京市财政困难的谅解、支持。"

宣言之后便是行动。

1981 年 6 月，在国务院和北京市政府的支持下，首钢改变了国家和企业之间分成的办法，在全国全民所有制企业中率先实行了承包制。

首钢开始全面进行改革

1981年6月，首钢召开了全公司职工代表大会。

在此次大会上，首钢正式决定在公司内部实现经济责任制，通过权、责、利结合，充分调动广大工人的积极性。

首钢改革的具体做法是通过层层包干，即第一步把公司对国家承担的经济责任，包括上缴利润、分品种的产品调拨量以及节约能源等各项任务，加上生产技术经营管理各项工作的要求，包到厂矿和处室，作为他们的经济责任。

然后，各个厂矿、处室把本单位所承担的责任加以分解充实，再层层包到各个车间、科室，最后，再具体落实到每一个职工。

为了做好首钢的责任制承包工作，首钢党委还认真对责任制进行了总结。经过党委的反复讨论，最后，首钢党委提出了多项措施，以推动责任制的顺利实行。

首先，首钢党委要使包干指标先进合理。为此，首钢管理部门对不同的厂矿逐个进行分析，确定了先进合理的包干任务和指标，使包干单位和个人经过艰苦努力才能实现和得到好处。

当时，首钢的烧结矿燃料消耗、炼铁焦比、炼钢的钢铁料消耗和初轧成坯率、小型钢材成材率5项指标，在全国同行业中都处于先进水平。

当年实行经济责任制后，公司党委又确定了更先进的包干指标，以促使消耗进一步降低。

同时，首钢单位还提出既要"包"，又要"保"，正确处理局部和全局的关系。为此，首钢对所属厂矿在"包"利润、成本和职工定员的同时，还要求"保"产量、质量、品种、合同、安全、环境保护和协作等，并且层层落实，直至个人。

当时，首钢炼铁厂生产的民用铸造生铁，利润小，搞不好会亏本。但是，考虑到许多行业都需要，为了保证其他行业的需要，首钢党委决定民用铸造生铁一吨也不少炼。

为了确保责任制的有效实行，首钢党委还提出要加强企业整顿和实行严格的考核制度。

为此，首钢决定注意克服好人主义倾向，按"包"和"保"的责任要求，对各厂矿直至个人逐项进行严格考核，领导干部和工人一视同仁，分清是非功过，奖罚分明。

对于责任制的实行，分配政策非常重要。针对责任制下负责的分配问题，首钢明确规定，必须在保证国家增收的前提下，企业才能多留，个人才能多得。

同时，职工的奖金总额必须牢牢控制在国家规定的范围之内。

奖金也不是"铁奖金"，必须浮动，在有涨有落中摆脱平均主义。在首钢的这些浮动奖金政策的支持下，首钢奖金发放发生了很大变化，当时仅在首钢炼铁厂，高的月份平均每人得奖金16元，低的月份只有6元。

在承包制改革中，首钢还特别注重加强民主管理和专业监督。

在首钢改革的4个月里，首钢就已开过两次职工代表大会，讨论经营管理的大事。职工代表大会的召开，使广大职工有了发言权，大大调动了广大职工的积极性。

首钢开展的专业监督更是取得了不错的效果。当时，首钢加强了财务、物资、技术、统计等各项专业监督，并对个别单位、个别人损人利己、弄虚作假、搞歪门邪道的行为及时严肃处理，做到了活而不乱，这样一来，就确保了经济责任制的健康发展。

面对实行责任制可能出现的各种情况，首钢党委还注重大力加强思想政治工作。

实行责任制后，首钢各级党组织围绕着摆正国家、企业、个人三者利益的关系，发扬艰苦奋斗精神，加强协作等方面的问题，做了大量思想政治工作，从而使经济责任制顺利实行。

经过首钢党委的努力，承包责任制在首钢得到了顺利的实施。

首钢责任制初见成效

1981 年，首钢的改革给首钢的面貌带来了巨大的变化。

这种承包制的实行，极大地鼓舞了首钢人的劳动积极性。当时，全首钢的每一个人、每一条战线都在围绕着"3.12 亿元"这个目标而奋力拼搏。

在责任制的鼓舞下，首钢上下奋力拼搏的工人有很多，阎广忠就是其中之一。

当时，阎广忠是首钢初轧厂的一名普通推床工。首钢改革之后，实行了承包制，将责、权、利有机地统一起来，改变了过去无人负责的状况，这使阎广忠感到自己真正成为企业的主人。

特别是首钢公司领导体制的改革，进一步明确规定了职工在企业中行使管理企业的权利，进一步保证了职工当家做主，这使阎广忠的思想发生了很大变化。

当时，阎广忠就想，在企业里职工怎样才算当家做主呢？一个岗位工人，要当家做主，行使民主权利，就应居主人之位，思主人之事，负主人之责，要为企业的大事尽心竭力。

想到此，阎广忠就结合自己的实践，进一步认识到：职工在企业里当家做主，一个重要的方面就是要针对生产管理过程中的薄弱环节，积极主动地观察、分析、思考问题，并及时把自己经过调查研究考虑成熟的意见和建议毫不保留地向领导提出来。

认识到这一点后，阎广忠在以后的工作中，认真观察、分析，确实为单位提出了很多宝贵的意见。这些意见中，有很多条被单位采纳，并取得了很好的效果。

当时，阎广忠的工作是需要两个人互相配合的，一人负责操纵轧机，一人负责操纵推床。

在平时的操作中，常常会出现两人配合不协调的情况：一个不敢咬，一个急着夹，唱不出一个调子。

这种情况不仅影响轧制速度，影响产量，而且容易出废品，这给两人带来了很大的精神压力。

于是，阎广忠就根据他们班的具体情况，细细琢磨解决问题的办法。

很快，阎广忠发现两人配合不好，主要是相互之间对对方的操作特点不熟悉。

当时，初轧厂采用的是"混合编对"，即一名操作工今天跟你配对，明天跟他配对，变化很快。

于是，阎广忠就想：如果能把一对操作工固定下来，就能很快配合默契，对提高产量大有好处。想到这儿，阎广忠非常兴奋，他就把自己的想法向车间提了出来。

车间干部听后，十分赞赏，称这是"最佳配方"，并立即在阎广忠所在的班进行试点。

采用这种方法后，在以后的几个月中，阎广忠所在的班在三大班中，连续数月夺得月产钢坯第一名。

接着，阎广忠的这个建议被三大班采纳，顿时，三大班整个车间的产量都获得了提高。

在多提建议的同时，阎广忠还认识到，企业主人的责任和权利，不仅体现在积极思考、献计献策上，而且还要体现在对自己正确观点的坚持上。

当时，初轧厂轧钢时，钢锭是从操作台下经过的，操作工看不见钢锭的位置，如果增加一块镜子等于操作工多了一只眼睛，可以杜绝撞推床、横钢事故，对提高产量很有意义。

实施这条建议并不费事，只要在台下安装一块一平方米的镜子就行了。可是，建议提出后，领导却没有采纳。

当时，阎广忠就想：我是个岗位操作工，对实际情况最了解，最有建议权，这项建议既然没有引起领导重视，我就更有责任让领导重视。

于是，阎广忠再次递交了合理化建议书，但还是没有被采纳。

面对多次被拒绝，阎广忠并没有灰心，他把看到的和本人发生的事故记录下来，并且根据自己收集的数据算账，看增加反光镜后，轧制一块钢可以节约多少时间，可以减少多少事故停机时间。进而再算到一小时、一个班可以增加多少产量，一年可以增加多少效益。

有了详细的资料和数据后，阎广忠就把自己的建议直接反映给厂长，这次厂长终于被说服了。于是，建议被采纳了。

以后多年的实践证明，阎广忠的这条建议是非常有效的，虽说增加反光镜后，轧制每根钢平均才快零点几秒，但一小时最少可多产一根钢，一年就可多轧 3000多吨。

作为一名普通的操作工，连技术员、工程师的级别都够不上，然而，阎广忠并不以"小人物"来看待自己，在责任制下，自己也是首钢的主人。看到自己的建议被采纳后，阎广忠找方法、提建议的劲头更足了。

当时，初轧厂在操作中经常出现轧翻、轧扭的情况。于是，阎广忠就下决心解决这个危及生产的问题。

说干就干，阎广忠先从钢锭温度上找原因，但是，在钢温正常情况下，还是翻扭。

接着，阎广忠就同班里同志又在压下量、辊缝、对角线、轴向窜动、附属设备状况、孔型磨损及操作方法等方面找原因。

经过阎广忠等人一次次的仔细分析，这些原因也被一个个否定了。

难题不好解，可阎广忠又不甘失败，强烈的主人翁责任感促使他干下去。

在上面几个方面没找到原因的情况下，阎广忠逐渐把注意力集中到轧辊上，每换一套辊，阎广忠就仔细观察。

经过两个多月的观察，症结点终于被阎广忠找到了，原来有的辊一、二孔是单侧壁，有的是双侧壁，双侧壁由于展宽大，给三、四孔的料就不规矩，造成翻扭。

于是，阎广忠果断提出了取消二孔双侧壁的建议。经过实践论证，这个建议被领导采纳了。

取消二孔双侧壁后，翻扭的现象消除了，从而为单位减少废品、多轧钢创造了条件。

实践使工厂尝到了甜头，在以后的工作中，只要建议是正确的，就能被采纳，这更加激发了阎广忠发现新创意、新想法的积极性。

不断的成功使阎广忠深深感到，在首钢，职工管理企业、做企业的主人已不是一句空话，而是有实实在在的内容，它激励着首钢的每一名职工积极发挥主人翁的智慧和创造力，为首钢的改革与发展不断作出更新的贡献。

在以后的多年中，阎广忠还提出了许多有重大价值的建议，这些建议对首钢产生了重要影响。

首钢改革不仅激发了工人的劳动积极性，它还使首钢职工工作期间的违规问题得到解决。

1981 年 9 月 14 日，首钢动力厂供风车间的两名工人违反规定，离开了机房，造成轴瓦温度过高，险些酿成重大机毁事故。

事后，很多人都认为这是一起未遂事故，而且其中一名还是单位的党小组长，平时表现良好，于是都去给这两个工人说情。但是，厂领导从整个厂的经济责任出发，果断决定取消这两个人的全部奖金，管理这两个人的车间主任、班长的奖金也做了部分扣除。

这一处罚决定的作出，在首钢产生了很大反响，一时间，关注质量、关注纪律、安全生产成了每个一线工人的座右铭。

首钢改革给首钢带来的变化是巨大的，一时间，上至干部领导，下至普通个人，从一线生产部门到后勤服务单位，每一个首钢人的精神面貌、工作状态都发生了巨大变化。

与此同时，各级各地媒体、工业战线的宣传部门都争相报道首钢的改革。

11 月 30 日，新华社记者徐人仲的一篇报道，真实地反映了承包制给首钢带来的变化。徐人仲写道：

> 首都钢铁公司从今年 6 月起，实行经济责任制。几个月来，企业面貌发生了深刻的变化，经济效益越来越明显，经营管理水平不断提高，广大职工精神振奋，为国分忧，大干四化的主人翁责任感日益增强。

> 首钢实行的是利润层层包干的经济责任制。把他们实行经济责任制以后 7 月至 10 月的盈利情况和今年上半年相比，平均每月利润增长 21%，创历史最高水平；平均每月的生产成本

降低了 7.4%。

　　广大职工中，关心国家、关心企业的更多了，认真负责、勇挑重担的更多了，精打细算、当家理财的更多了，钻研业务、好学上进的更多了。

1981 年底，首钢实现利润 3.16 亿元，不仅实现了 3.12 亿元的目标，还超过了 400 万元。

　　看到这个成果周冠五笑了，整个首钢都笑了。他们看到了承包制的巨大魅力，更看到了首钢未来的发展方向。

二、　曲折前进

- 蒋一苇、林凌哈哈大笑道："周书记，咱们想到一块儿去了，你不说，我们也会写的。"

- 吕东从座位上站起来，大声说："这样吧，国务院领导不是说把递增略提高一点吗，我看递增率变成6%，好让有关的部门放心。"

- 有的参加座谈会的代表还高兴地说："这次学习，是国家经委为我们各地工业部门培训完善经济责任制的'种子工厂'啊！"

首钢递增包干方案搁浅

1982 年初，首钢在上年实行"利润包干"的基础上，又提出了"利润递增包干"的新的承包方案：

> 以 1981 年上缴利润 2.7 亿元为基数，每年递增 7.2% 上缴国家，超额归首钢。
>
> 超额部分按照 60% 用于生产发展、20% 用于职工集体福利、20% 用于工资奖励的方式，自主分配使用。

"利润递增包干"的承包方案，一方面是国家不再给首钢一分钱的投资，职工的工资、福利还有扩大再生产的资金，全由企业自己来解决。

另一方面，周冠五等人希望通过"利润递增包干"，让国家允许首钢一包几年或者 10 多年不变。

包干后，包死基数，确保上缴，超包全留，盈亏自负，这就是周冠五的"递增包干"。

然而，就在首钢展开翅膀准备腾飞的时候，有人对首钢 1981 年的承包投来了大惑不解的目光。他们怀疑承包制到底有没有这么大的效力，怀疑 2.7 亿元是否有水分。

不久，国务院派了一个工作组到首钢调查真伪。

此时，周冠五和首钢人都对工作组寄予了很大的希望。面对工作组，首钢不需要粉饰，不必夸大，因为工作组只需看一看承包制给这个企业带来的生动活泼的局面，就会明白承包制的巨大好处。

同时，周冠五和首钢人还希望工作组在发现承包制的好处时，能够给承包制说一句赞扬的话，以平息各种压力和质疑。

但是，首钢人失望了。

工作组在首钢前前后后调查了 40 天，调查人员最初对首钢承包制的怀疑消除了。但是，他们仍然不肯承认承包制的好处，更不肯为承包制说一句肯定的话。

就这样，国务院工作组走了。

就在首钢人心怀忐忑时，又有两个人来到了首钢，这就是经济学家蒋一苇、林凌。

蒋一苇、林凌也是国务院领导派来的。原来，国务院领导对第一个工作组的调查是不满意的，为此他们又派出了第二批调查人员。

蒋一苇、林凌到来后，他们被首钢的大包干吸引了。刚刚结束的 1981 年大显神威的大包干，像一炉新出炉的钢水映入两位经济学家的眼帘。

承包制给首钢带来了巨大变化：首钢一切人的话语都是新鲜的，一切车辆的飞轮都是冒着热气的，一切歌声都是向着明天唱的！

蒋一苇、林凌被感染了，他们亲自查看，召集人座谈，走访职工家庭来详细了解首钢的变化。

在首钢一个多月的时间里，两位经济学家和周冠五进行了多次贴心的交谈。

在会谈中，周冠五提了个建议："把我们要搞递增包干的想法写上。"

蒋一苇、林凌哈哈大笑道："周书记，咱们想到一块儿去了，你不说，我们也会写的。"

很快，一份《从首钢看体制改革的问题》的报告摆在了国务院领导的案头。

蒋一苇、林凌在这份很有分量的报告中，真实地记录了首钢改革的成果和首钢人对于进一步改革的期盼。报告中写道：

> 扩权3年，首钢利润净额共8.26亿元，比扩权前1978年平均每年增长45%；3年向国家上缴利润7.3亿元，平均每年比1978年增长34%。
>
> 扩权前，国家一手从首钢收得利润，另一手又拨给首钢基建与专款投资。
>
> 扩权后，上缴国家利润逐年增加，国家返还的拨款逐年减少。3年国家实收共5.9亿元，比扩权前1978年平均每年增长75%。
>
> 从首钢看，改革并不冲击国家财政收入，

而是增加国家财政收入……

　　首钢的同志认为，像首钢这样管理有基础、潜力的企业，还有不少，实行全额留成对企业的鼓励作用不大。他们主张最好是实行逐年递增的包干办法，既保证国家收入稳定地逐年增长，企业又有明确的奋斗目标……

　　这是一份有事实、有分析、有说服力的报告。国务院的领导审阅后，非常重视，并在报告上批示：

　　同意文中意见在首钢试点，最好上缴利润递增率再略高一点。请经委给有关方面打招呼，予以配合。

　　看到国务院的这个批示后，周冠五和首钢的同志们都非常兴奋，他们感到首钢就要腾飞了。

　　然而，问题并没有如此轻易地解决。

　　国务院领导的批示已经作出一个月了，但因为部分领导不同意在首钢搞递增包干试点，因此，有关部门对首钢改革的文件迟迟不下，没有红头文件，光批几个字是不算数的。

　　一晃，3个月过去了。

　　当时，首钢的广大职工早就听到了领导同志的指示精神，大家都在摩拳擦掌等着大干一场呢！此时文件迟

曲折前进

迟不下，周冠五非常着急。

无奈之下，周冠五再次向中央求助。

很快，事情反映到国务院，并引起了领导的重视，国家经委主任吕东召集几个有关部门和首钢的同志专门协调此事。

会议开始后，吕东传达了国务院领导的批示。

接着，首钢的代表也讲了他们改革的成果。

随后，国家经委、冶金部和北京市都发表了支持首钢改革的意见。

但是，有一个部门的代表却是一言不发。

首钢的与会代表急了，他们无奈地说："公司刚刚开过职代会，大家都准备按照国务院领导的批示精神去干，眼巴巴地等着文件下来。"

吕东也从座位上站起来，大声说："我是当过冶金部长的，知道这递增5%是个很不容易的事。这样吧，国务院领导不是说把递增略提高一点吗，我看递增率变成6%，好让有关的部门放心。"

那个部门的代表仍然没有说话。吕东似乎有点忍耐不住了，便直呼其名地问有关部门的那位领导："你是不是不同意首钢搞递增包干？"

这位代表干脆地说："是的，我们不同意这样搞。"

就这样，协调会也没能解决首钢的问题，首钢的递增包干被暂时搁浅了。

国务院批准递增包干方案

1982 年 5 月，著名经济学家薛暮桥提出，首钢实行经济责任制的经验值得重视。

为此，薛暮桥向全国工业战线的同志，推荐了当时由北京日报出版社出版的《首钢实行经济责任制的经验》一书，薛暮桥在为这本书写的序言中说：

> 我国经济体制改革的一个根本问题，就是怎样做到既能保证国民经济有计划按比例发展，又能充分发挥地方、企业和职工的主动性、积极性。首钢实行经济责任制，提供了像这类重点工业企业如何正确解决这个问题的有益经验。
> …………
> 首钢实行的经济责任制，是在社会主义公有制基础上的一种企业管理制度。首钢的经验对于建立我国工业企业的科学的管理制度，会有很多启发。

作为我国著名的经济学家，薛暮桥的表态在工业战线上产生了很大影响。

从 5 月中旬开始，国家经委分期分批在北京举办座谈会，组织各地工业主管部门和重点企业的干部学习、研究首都钢铁公司实行经济责任制的经验。

学习研究座谈会每期 10 天。参加第一期学习的人员，有来自 8 个省、市的经委领导干部，22 个企业的领导干部和生产、计划、财务、劳动工资等科室的负责人，以及北京市有关经济院校、党校从事教学、研究工作的人员。

在座谈会上，首钢的领导干部积极介绍了他们实行经济责任制的经验，还分别做了关于做好生产调度、计划管理、财务管理、劳动工资和思想政治工作等的专题报告。

首钢的实践为推行经济责任制提供了一整套成功的经验，受到了与会同志的广泛重视。他们认为，首钢经验对于当前整顿企业、完善经济责任制有重要的现实意义。

鉴于此，参加座谈会的同志听了首钢的经验后，都非常振奋，他们一边学习，一边联系自己地区、企业的现状和问题，对照比较，总结经验，找出差距。

参加座谈会的同志普遍反映，听了首钢的经验收益很大，找到了进一步完善经济责任制、提高企业管理水平的途径。

有的参加座谈会的代表还高兴地说："这次学习，是国家经委为我们各地工业部门培训完善经济责任制的'种子工厂'啊！"

他们还表示："我们一定要把学得的经验带回各地，使之开花、结果，使经济责任制在我们那里也能更加健康地发展。"

在工业界的一致赞同声中，首钢责任制改革的阻力逐渐消除了。

1982 年 7 月，首都北京，烈日炎炎。

对于周冠五和全体首钢人来说，他们经过几个月的渴盼，此时对改革的渴求更加强烈了。

很快，首钢人的期盼就会变成现实。

7 月下旬，在国务院领导的亲自批示下，全国企业整顿座谈会在北京召开。

座谈会上，首钢的同志介绍了首钢实行经济责任制的经验。

首钢代表的发言赢得了阵阵掌声。

接着，辽宁、山东、上海、天津等省、市和大庆、鞍钢等企业共 14 个单位，在发言中都对首钢的经验给予了很高的评价。

有的与会同志说："首钢改革的经验非常丰富，它是我们企业推行责任制需要学习的经验。"

有的与会同志说："实际上，首钢改革是对企业进行全面整顿、综合治理的经验，是国民经济走新路子，提高经济效益的经验。"

还有与会同志说："首钢是办好社会主义企业的一个好样板，它的基本经验具有普遍意义。"

在会上，国务院的领导也做了重要讲话，当讲到企业扩权问题时，他说："以首钢周冠五为代表，他们的指导思想明确，就是把企业搞好，对国家多做贡献，这种厂长就要给他权大一点。"

全国企业整顿座谈会和国务院领导的谈话，为首钢的改革消除了阻力。

8月3日，即会议的一周后，国务院领导对首钢进行体制改革再次做了明确批示：

首钢按原定方案试点。

于是，首钢"利润递增包干"的方案获得通过。

首钢实施责任考核制度

1982年8月6日，国务院副秘书长马洪用电话把国务院同意首钢改革的喜讯告诉了周冠五。

周冠五接到消息后，非常兴奋，立即通知公司的所有部门，按原定计划实施改革。

一时间，早已焦急等待了几个月的首钢人，像站在起跑线上的运动员一样，听见口令，开始向前起步，冲刺……

当时，首钢的内部承包责任制是科学的、严密的。首钢领导不仅将全公司总的生产经营指标层层分解，一包到底，而且把技术业务工作要求也一项不落地承包到各个岗位。"包生产""包技术"，这就是首钢的"两包"。

同时，首钢的承包指标还强调先进性、高标准、高水平。用工人的话说，这个指标不是"猫腰拣"，而要"跳起来够"。

承包制使首钢的干部和工人面貌都发生了变化，以前只知道按领导要求干的工人，此时，对自己的责任，本段、本厂的当月生产任务，全年工厂和公司的生产经营目标，都清清楚楚。

明白了自己任务的工人，劳动积极性和主动性都获

曲折前进

033

得了很大提高。

1982 年 8 月 6 日晚，从生产第一线传来捷报。中型轧钢厂上中班的工人，收听到七中全会公报后，当班就完成 190 吨轧钢任务，超过计划 26.6%。

接班的工人也不示弱，他们再鼓干劲，又创出班轧钢 220 吨，超过计划 46.6% 的好成绩。

7 日，公司党委召开会议，要求各级党组织进一步贯彻落实 3 年规划，以实际行动迎接党的第十二次全国代表大会召开。

于是，责任制下的首钢再掀劳动热潮。这个公司广大党员带头学习，带头搞好安全生产，带头搞好协作。

一轧钢厂一车间工人，奋战在五六十度高温炉旁，8 月一个工作日就轧出钢材 621 吨，超过计划 14%。

担负制作钢窗生产用材的轧钢二车间，7、8、9 日 3 天，平均每天生产钢材 74 吨，超计划 50%。

为了推动责任制的顺利实行，首钢还特别注重选拔年轻的干部，以更新首钢管理队伍的观念。

实施责任制以前，首钢厂处级领导干部中，知识分子只占 23%，由于外行多、年龄大、病弱人员多，特别是很多干部思想保守，给推行责任制改革增加了不少阻力。

针对这种情况，首钢党委把提拔中青年知识分子作为一项重大战略措施，坚决破除唯成分论、论资排辈观念和对知识分子不放心的偏见，大胆地把拥护责任制改革、懂生产、会管理、有才干的中青年知识分子，提拔到重要的领导工作岗位上来。

很快，全公司共提拔了118名厂、处级以上的领导干部，他们的平均年龄45岁，其中83%是知识分子。同时，首钢还提拔了310名年轻的知识分子担任科长、车间主任一级的领导工作。有些中青年技术干部还担任了厂、矿党委书记和政工处室的领导工作。

在提拔中青年干部的同时，首钢还妥善安排了一批老干部离休、退休和当顾问，一批原来担任正职，但工作不适应的领导干部退为副职或改做其他工作。

在选拔干部的工作中，首钢党委发动干部推荐人才，并到各厂、矿调查和发现人才，经过考核或培训，对符合德才兼备的干部坚决提拔。

首钢党委对中青年知识分子不只是看学历，更注重实际工作能力，注重对首钢改革的认同，对自学成才的人，只要符合条件，也和知识分子一样大胆予以提拔使用。

随着首钢大批中青年知识分子担任领导工作，首钢的面貌发生了变化。

最明显的表现是，在首钢的管理层中，抵制改革的干部少了，同意改革并希望改革再快一些的呼声高了。当然，新干部还带来了新气象，这些年轻干部竞相奋进，竞相为国家多做贡献。

首钢小型轧钢厂自1958年投产后，20年没有达到设计能力。新提拔的 3 名工程师和一名助理工程师分别担任这个厂的厂长、副厂长以后，他们依靠群众，加强企业管理，勇于走经济责任制的新路子，使全厂生产面貌发生了很大变化。不仅产量突破了设计能力，螺纹钢筋产品还获得了国家质量银质奖，并进入了国际市场，这个厂被评为北京市的质量先进单位。

对于新提拔到领导工作岗位上来的中青年干部，首钢坚持按照各自的岗位经济责任制，严格考核。

在考核中，胜任的，鼓励他们继续前进，不足之处帮助他们尽快克服；个别不胜任的，进行调整，使新提拔的干部始终保持积极向上的劲头。

在这种责任考核制度下，这批中青年干部在工作中任劳任怨，勇挑重担，受到群众的称赞。在他们的带动下，全公司广大职工精神振奋，在实践中不断完善经济责任制，使企业经济效益愈来愈高。

在这种情况下，1982 年，首钢又迈上了一个新台阶。这一年，首钢实现利税总额 6.4 亿元，上缴国家利税为 5.25 亿元。

首钢改革再次遇到挫折

1983 年初，周冠五和首钢人在享受了上一年的巨大成功后，踌躇满志，准备在新的一年里放开手脚，大干一场。

然而，首钢的成功并没有使首钢改革的阻力消失，新旧经济体制的争论还是波及了首钢。

1983 年元旦刚过，国家某部的一位副司长带着工作组来到了首钢。

工作组来到首钢后，开门见山地提出：我们要了解你们去年的生产情况、分配情况、福利情况。

座谈会开过后，工作组就让首钢的有关部门立即把一些数字送来。

使人没有料到的是，工作组的领导只待了一天就离开了首钢，其余的人第二天也走了。

送走这批工作组，处在刚刚实行改革开放环境下的首钢人，隐隐感到有些不妙。果然，工作组走后不久，首钢的麻烦就来了。

1983 年 2 月 11 日，该部门在一份"简报"增刊上，以"1982 年首钢利润分配情况"为题，对首钢的问题进行了"揭露"。

当时，这期增刊报送的范围很广，层次也非常高：

上报：党中央、国务院、中央财经领导办公室。

送：中央书记处研究室、农村政策研究室、国家计委、国家经委、体改委、经济研究中心。

加送：冶金部。

简报的中心用意是在告诉人们：首钢1982年的留利多了，拿了大头。

当时，首钢实行上缴利润包干后的1981年，增长利润中首钢没有拿大头。1982年，首钢按照年初制定的标准，在年底上缴了原地的利润后，确实有一部分利润留在了首钢，也就是简报提到的"大头"。

但是，这个"大头"是在完成政府财政目标后，靠责任制的积极性激发的成果，这是递增包干喷发所结出的硕果。它证明了以承包为中心的经济责任制鼓励大家努力前进的优越性。

同时，首钢获利多，并不是由于上缴利润的包干基数低。这个基数是2.7亿元，比改革前历史最高水平的1978年的全额利润还高42%。按照6%递增下去，不出5年，平均每两年多就给国家上缴一个"首钢"。

因此，拿这个"大头"是那时首钢按规定上缴后的必然所得，也是其获得进一步发展的动力。如果不改革，国家10年也不一定能得到一个"首钢"。

一天下午，周冠五将首钢几个主要领导，还有研究室的几位同志叫到办公室来。

看到大家到齐后，周冠五摇了摇手中的那份简报，语气平和地问道："这个文件你们看过吗?"

大家摇摇头，于是，这份简报开始在参加会议的同志手中传阅起来。

接着，周冠五尽量用平静的语气说道："我们的改革刚开了个头，企业和企业的主人才得到一点实惠，有人就犯红眼病了。他们提出首钢拿'大头'的问题，目的是想把企业的钱挖走。企业没有钱怎么发展生产? 国家怎么从企业得到实惠?"

这时，周冠五又拿起那份简报摇了摇，说："首钢的包干，不只是包上缴利润递增，而是承包对国家的全面经济责任:企业的现代化技术改革向国家一分钱也不要了，职工的收入倍增和职工宿舍、文化福利设施的建设也不靠国家了。我们正是在这'四不要'的情况下，制订了到 1995 年总产值翻两番的规划。到 1995 年要实现 25 项重点技术改建工程，合计约需 40 亿元。"

说到此，周冠五激动起来，大声说："按照改革前的规定，这些资金都是由国家投资，现在都要从企业留利中开支。如果企业多超也不能多留，靠国家财政拨款，我看在本世纪末实现总产值翻两番和现代化改造是不可能的!"

接着，周冠五站起来，看了看窗外，无奈地说："有些人就知道抠比例，像切生日蛋糕似的，一刀砍下去，大块归他们。这些同志有个固定不变的公式，这就是：大头的专利永远属于他们。"

总经理白良玉显得异常激动，他也站起来，急速地说道："咱们为什么不做上一个大蛋糕，或者两个大蛋糕，让他们切去！"

周冠五又坐了下来，一针见血地指出："世界上就有这样的人，说他们蠢一点也不冤枉。他们宁肯要一斤重蛋糕的80%，而不要两斤重蛋糕的50%。蛋糕是会长个的，他们怎么就不懂这个理？"

一个参会的同志说："是哩，一亿元的利润是85%，两亿还要85%，他们只会看比例，怎么就不会看看上缴的绝对值呢？"

最后，周冠五说："毛主席也都说过要藏粮于民。咱们不是民，是企业，就应藏富于企业吧！"

第二天上班后，周冠五一到办公室就对大家说："就这么办，藏富于企业！今后咱们把这个口号叫响，企业没有钱，国库永远是空的。"

几天后，还是在周冠五的办公室里，一个会议召开了，参加会议的仍然是上次那些人。

周冠五再次提起那份简报，说："既然人家把我们逼到了被告席上，那我们就得说话。心里憋着话不讲，别人还以为我们缺理。"

停顿了一下，周冠五果断地说："写报告，给中央写报告!"

这份报告对关于首钢在增长利润中"拿大头"的问题进行了具体的分析、说明,明确表示不同意那份简报增刊的意见。在报告的最后,首钢人这样写道:

> 对于包干企业,应当根据国家计划对每个企业的要求,是大发展、中发展还是小发展,来确定不同的包干基数和上缴递增率。
>
> 在包干基数先进合理的前提下,在不低于国家上年收入,并有一定比例递增的前提下,在全额利润中国家拿大头的前提下,不要怕企业富,不要怕职工富起来。
>
> 首钢能够取得实现利润连续递增20%的好成绩,并没有什么特殊之处,只要搞好以承包为中心的经济责任制,很多企业都能够办到。美国的罗尔斯顿·普里纳公司、哈里伯顿公司等5家号称管理最好的企业,利润增长的幅度也不过如此。日本从1961年到1970年递增率为13.6%,自称是"以双位数字发展",世界各国都视为奇迹。只要把我们国家的经济改革搞好,我国的经济发展速度超过他们是完全可以的。

于是,就在包括当时任总书记的胡耀邦在内的几位党和国家领导同志案头,都出现了首钢写的一份报告。

这份报告产生了怎样的效应，周冠五和首钢人似乎说不大清楚。

但是，有一点是可以肯定的，那就是给首钢带来不小麻烦的那份简报增刊所"揭露"的问题，并没有人去追查。这也许就是首钢报告的功效。

就这样，既没有追查，也没有明确表示支持，周冠五等人的心里稍微安定了一点。

于是，首钢的改革大船驶过了一段不小的漩涡，又开始照直前进。

首钢"藏富于企"引来争议

1984 年初，一年一度的全国经济工作会议在北京隆重召开。

参加此次会议的有全国各经济主管部门及许多大型企业代表。白良玉代表首钢出席了此次会议。

在此次会上，首钢再次成为争议的焦点，特别是白良玉在会上的发言，更不亚于爆炸了一颗原子弹。

因为白良玉专门在讲话中，提到了首钢"藏富于企业"的问题。白良玉说：

> 实行承包制以来，首钢具有自主经营、自负盈亏的能力。取得过去无法相比的经济效益。看来还是要藏富于企业，必须给企业财权，企业有了资金，才能活起来……
>
> 财政体制改革的核心是彻底打破"统收统支"和"国家拿大头"的观念，把扩大再生产的积累功能从政府为主转到企业为主。"统收统支"和"国家拿大头"是一种典型的产品经济观，是造成我国"投资饥饿症"和投资效益低，以及分配上的"大锅饭"的一个重要根源。
>
> 可以这样说，不藏富于企业，企业和职工

的积极性、创造性是难以发挥的，活力是难以增强的，经济效益是难以提高的……

白良玉的发言在会上引起了极大的反响，尤其是他为"藏富于企业"的辩护，更是道出了很多企业代表的心声。

于是，很多与会同志，尤其是与会的企业界的人士，巴掌拍得很响，他们似乎还没有听够，希望首钢的同志再多讲一些。

与此同时，白良玉的话也引来一些反对的声音。

会议结束后，参加会议的某部门的同志找到白良玉，责问道："谁让你们讲这个问题？这么大的事情讲之前为什么不给我们打个招呼就往外捅？"

面对质疑，白良玉理直气壮地回答道："首钢在这次会议上发言是国家经委下文正式通知的，发言稿也是经过审查的。"

责问者无话可说了，但他们并没有放弃。接着，他们又找到主持会议的单位，明确提出："像首钢这样的发言，应该经过我们审查。"

负责接待的同志不卑不亢地回答道："你们的事情那么多，我们怎么好意思打扰？"

就这样，这个部门的同志又碰了一个不软不硬的钉子。

但是，他们并不到此收场，仍然不遗余力地坚持自己的观点，并到处宣扬："藏富于企业？谬论！企业富得流油，国家怎么办？"

作为首钢的负责人，周冠五并没有参加这次经济工作会议，但对会上的情况，他还是了解的。

白良玉开完会回到首钢后，周冠五就笑着对白良玉说："我们的发言把他们给惹火了啊！"

接着，周冠五首先表达了他对此事的看法，他说："对这个'藏富于企业'的思想，别老看着是首钢与某某部门的问题，那样就有点鼠目寸光了。我们无意和他们过不去，他们也没有必要难为我们。"

停顿了一下，周冠五继续说道："'藏富于企业'绝不仅仅是现有财富的分配问题，它关系到怎样才能使企业真正成为不断创造新财富的源泉，使国家更快地富强起来，这是改革中必须突破的重大理论和实践问题。"

看了看大家，周冠五继续说道：

> 在社会主义国家里，全民所有制企业特别是大中型企业，直接体现了国家的经济实力，企业富了，就是国家富了。不能认为只有国家机关才代表国家利益，而全民所有制企业就不代表国家利益。

最后，周冠五用铿锵有力的声音大声说道："'藏富于企业'就是藏富于生产力。"

曲折前进

　　此后，周冠五的论文《国家富强必须藏富于企业》在《首钢报》发表。不久，中国社会科学院工业经济研究所的《经济管理》杂志对该论文进行了转载。

　　于是，周冠五的那个主张更坚定了：要把"藏富于企业"的方针一直贯彻下去。

　　自然，"藏富于企业"对于一个国有企业来说，可能会给人一些负面的印象，但是，在当时的情况下，"藏富于企业"无疑是有效的，因为不藏就难有资本积累，就不能发展，这是一个企业发展的朴素真理。

　　很快，"藏富于企业"形成了一股冲击波，这是谁也阻挡不住的趋势：这个口号冲出钢城，最终被社会上更多的人接受了。

　　在以后的发展中，首钢开始谨慎地贯彻周冠五提出的"藏富于企业"的方针，继续在他们的改革之路上行进。

三、 深化改革

● 万里饶有兴致地问周冠五："你们的横向联合搞了多少?"

● 窦鸿泉深有感触地说："是啊，我完全同意周书记的意见，这潭死水不捅活，我们的改革会被葬送的。"

● 这位班长懊悔地对班里的工人讲："唉！现在我终于明白了，在首钢，以后'老好人'是当不得了。"

万里支持首钢的改革

1985 年，首钢改革经历了 5 年多的风风雨雨。

当时，随着国内形势的进一步转变，特别是有了首钢改革巨大成就的示范效应，首钢改革的阻力变小了。

一时间，在首钢，上上下下都有了一种摆脱重压或从狭窄的路上走出来的轻松感。

在这一年，首钢的横向联合跨出了一大步，蓬勃发展的形势格外令人鼓舞。

很快，又有一个喜讯传来，以改革著称的国务院副总理万里将要来首钢视察。

万里到来后，在首钢红楼会议室里，和大家一起探讨首钢的改革问题。

会议开始后，周冠五给万里汇报了首钢几年来搞横向联合的情况。

万里对首钢的改革向来是非常支持的，这次他就是冲着这个横向联合来的。

那时候，在中国企业界的词典里还查不到"兼并"这个词，因为"兼并"容易被人们视为资本主义特有的弱肉强食现象。

可是，周冠五已经堂而皇之地将这个"魔棍"拿在手中，只是他还不敢一口就吞掉一个企业。在初级阶段，

这种做法被人们称为"联营""横向联合"。

以改革著称的万里，更是体现了极高的谋略，他想了个名字叫企业"扩散"。

当听到从北到南，从东到西，首钢的步伐开始向中国各地迈进时，万里非常兴奋，并带头鼓起掌来。

听完汇报后，万里饶有兴致地问周冠五："你们的横向联合搞了多少？"

周冠五谨慎地回答："有 20 来家吧！"

顿时，万里的睫毛上都挂上了笑，他说："跨地区、跨行业这是一个大政策，你们要扩散你们的技术，扩散你们的资金，扩散你们的管理经验。为什么不可以扩散？首钢要为首，冠五要冠伍嘛。"

周冠五趁这个机会连忙说："对这个大政策现在好些人还没有吃透呢，我们的工作才起了个步，经验和教训都有。"

万里马上问道："你们在进行跨地区、跨行业联营时，都是那么顺利吗？"

周冠五苦笑了一下，说："怎么说呢？但今天总算走了一段路。展望今后的前景，我们是喜忧参半。首钢的全体同志是有信心的，难以预料的困难我们就用早有准备的思想去对付它。"

万里听后，感慨地说："改革的文章多得很，现在的改革才开始，不是过头了。"

看了看大家，万里果断地说："首钢就是要搞跨地

深化改革

区、跨行业联营，这是我今天带来的最重要的题目，文章要靠你们来做。"

顿时，周冠五心底的一块石头落下了。有了副总理的这句话，以后的改革就会更加顺利了，这怎能不令周冠五兴奋。

接着，万里继续说道："歪门邪道要堵住，好的东西要扩散。你们要树立一个双文明的首钢，成为技术进步的模范、经营管理的模范、遵守党纪国法的模范、思想政治工作的模范、取得三个效益的模范。"

最后，万里又铿锵有力地说道："难以预料的或预料得到的困难都会有的，问题是你们不能犹豫，更不可后退。走下去，坚持走下去！"

之后，万里又在周冠五等人的陪同下参观了首钢烧结厂、炼铁厂、初轧厂……

在参观中，看到首钢的可喜变化，万里高兴地对周冠五说："我年年来首钢，年年参观你们的厂子，怎么就感觉看不够呢？"

周冠五听了这话，激动得半天没有说话。他在想，与其说万里在赞扬首钢，倒不如说他在希望看到首钢更加壮阔、绚丽的明天的事业。

等周冠五想要回答万里的问题时，万里已经快步地走在烧结厂的平台上。

视察结束后，万里带着满意与希望离开了这个使他受到鼓舞的首钢。

而此时，周冠五的心里再也不能平静了，万里对首钢的那些要求"树立一个双文明的首钢，成为技术进步的模范、经营管理的模范、遵守党纪国法的模范、思想政治工作的模范、取得三个效益的模范"不时在周冠五的耳边响起。

　　是啊，现在有了中央的大力支持，有了首钢上下的一致努力，也就是有了天时、地利、人和，首钢应该乘此东风，继续引进技术、深化改革，力争取得更高的经济效益、社会效益和环境效益，把首钢建成一个享誉国内外的大型钢铁集团。

　　于是，在周冠五的带领下，首钢改革的步伐向更深、更广的领域迈进了。

深化改革

首钢深化干部制度改革

1985 年前后，作为首钢改革舵手的周冠五，有一种强烈的感觉：当前的干部制度造成能人出不来，一些改革意识很强的年轻干部也上不去。

当时首钢的干部队伍状况确实令人忧心，在一些领导班子中，被群众称为"占着茅坑不拉屎"的干部有之；副职两个不够设 3 个、5 个，甚至 7 个、8 个的有之；不任职也要保留其原政治经济待遇的有之，等等。

很明显，这种干部制度是与高度集权的旧经济体制相适应的，它已经成为首钢改革前进的羁绊。

面对这种困境，周冠五明确提出，需要破冰船！干部制度上的"铁饭碗"不打破，就很难把改革再推进一步。

于是，周冠五明确表示：

我们实行了承包制，走上了一条自主经营、自负盈亏之路，"大锅饭"被打破了。但是，与"大锅饭"相适应的干部制度上的"铁饭碗"还舒舒服服地被一些人端着。

不行！首钢的改革要有所作为，干部制度非改不可！

周冠五说到做到，为了解决干部改革问题，他走到群众中间去，和他们谈心，思考着如何迈出干部制度改革的第一步。

　　在一次厂处级干部会上，周冠五还专门拿出两个小时讲干部问题。他一针见血地指出："要我看，干部政策主要有两个重要原则我们必须遵循。第一就是能下。原来说的是干部能上能下，能官能民。实际上是能下，核心是能下。"

　　喝了一口水，周冠五又继续说："上，那还不容易？谁不能上呀！可是，能下，能民，就不那么容易了。我们的干部工作搞了这么多年，最要命的毛病是只搞能上，不搞能下。提拔了那么多干部，几乎每月甚至每天都有人得到重用。可是，降了多少干部，下了多少干部，这就是新闻了。"

　　说到此，周冠五站了起来，略显愤怒地说："这种只搞能上不能下的干部队伍，把我们的工作弄成了僵死的局面，也可以说是既不能上也不能下的局面。"

　　扫视了一眼大家，周冠五继续说："想想看，上边不下，下边就没法上，没地方上。也就是说，不管工作搞得怎么样，也没有责任。搞得再不好，也要占着位子。比他再好、再强的，也白搭，上不去。这样，我们的事业不仅不能前进，还必然要后退。"

　　说到此，周冠五坐了下来，语气又恢复了平静，他说："我遇到过不少干部，他们很有水平，也很想搞一番事业。但就是无法发挥自己的才干。为什么？那些干不了事的人都把位子占满了，他们再有能耐、再有雄心，也只能窝着。所以，我们一定要提倡干部能下，阻力再大，也要这么做。不是针对哪个人，事业需要我们这么办。"

说完这段话后，周冠五把目光投向坐在一旁的窦鸿泉，问道："大窦，你是做干部工作的老同志了，对情况比较了解，我们首钢的干部制度是不是需要从不能下这个老大难问题上着手？"

窦鸿泉深有感触地说："是啊，我完全同意周书记的意见，这潭死水不捅活，我们的改革会被葬送的。"

接着，周冠五又讲了干部政策应该遵守的第二个重要原则，那就是用干部要从事业上考虑，不能垒山头，划圈子。

在周冠五的大力推动下，首钢干部改革进一步深化，周冠五这次讲话后不久，首钢党委就走出了干部制度改革的第一步棋：

100 多名不称职、不适应当前改革形势的厂处级干部被调整下来。

顿时，习惯了只上不下的首钢干部一下子震惊了，整个首钢都被这一步改革的棋子给搅得颤动了。

那些被迫下台的干部，失去了坐惯了的"铁交椅"，愤愤然了。

他们有的找到干部部门声色俱厉地质问："我犯了什么错误？你们必须给我一个明确的说法！"

有的托各级领导机关的熟人给自己说情，还有的索性骂了起来，他们抱怨道：我们没有功劳，也有苦劳，用不着了，想一脚踢开……

不管大家怎么抱怨，干部政策的变革确实给首钢带来了好的变化。

周冠五的心没有软，步子没有乱，首钢干部制度改革继续向前推进。

接着，又宣布了第二批调整下来的干部名单。

不久，第三批又宣布了……

一时间，社会上，特别是在首都北京，上上下下对首钢的干部制度改革存在着两种截然不同的议论：

一部分人认为："首钢的干部换得太多了，太勤了，走马灯似的！"

"首钢处分干部太严、太狠，看不出有多少科学性！"

"首钢自作主张，标新立异，擅自制定选拔、使用干部的标准！"

另一部分人则认为："首钢的干部能上能下，能下能上，而且还做到了提职提薪，降职降薪，这在别处哪有可能啊！"

"领导干部 3 个月完不成任务，或者 6 个月打不开局面，就是不称职，就要被调整。首钢敢这样做，真不简单！"

"首钢取消工人和职员的界限，只要你参加考试，考核合格，工人也能当干部甚至当厂长，这样的改革完全符合大方向！"

面对社会的争议，周冠五和首钢的决策者们一笑了之，他们关心的是首钢的前途，关心的是如何为祖国打造出一座大型钢铁集团。

于是，面对首钢内外对首钢干部制度改革的争议，首钢果断决定，继续改革。

1987年3月底，首钢党委组织部和党的纪律检查委员会分别收到了中型轧钢厂群众的一封来信和厂纪检员的口头反映，说该厂连续3个月完不成生产任务，原因是厂领导班子不团结，内部承包制不落实；而且他们缺乏扭转局面的信心，已经不能带领职工继续前进。

为此来信还要求，首钢公司派人下来调查，对不称职的干部进行调整。

4月底，首钢公司组织部门经过详细的考察之后，对该厂领导班子做了大调整，7名厂级干部中，只留下了工会主席和主任工程师两人。

领导班子调整后，中型轧钢厂全厂职工欢欣鼓舞，干劲倍增，新班子上任的当月就完成了月生产计划，到年底不仅追补上前4个月的亏产部分，而且还超额完成了全年任务。

类似这样的事例，在首钢改革过程中多得很。这是因为，实行"上缴利润递增包干"以后，首钢走上了自主经营、自负盈亏、自我发展之路。

　　当时，首钢全公司为实现每年利润递增20%这个目标，就要求每个干部"九牛爬坡个个出力"。

　　这样一来，那些不能带领职工完成包、保、核任务的干部，理所当然地要被从领导岗位上调下去。

　　实施干部改革以后，也包括1979年后的改革，首钢共提拔厂处级干部672人，调下555人；提拔科级干部2500多人，调下1700多人。

　　这些调整中的干部，绝大多数是被免职降级的干部，他们没有"无脸见人"的感觉。因为他们都清楚：只要自己不自暴自弃、破罐破摔，而是积极工作，作出成绩，还有可能"东山再起"。

　　这是真的！首钢党委组织部的同志就曾说过：在现任职的厂处级干部中，就有29名同志是被免职降级后又重新提拔起来的。

　　他们在"官复原职"以后，大多干得比较出色。

　　当时，拥有10多万人和上百个厂处级单位的首钢公司，几乎每旬每月都有干部任免、升降。

　　1988年春天，有两个新任干部格外引人关注。

　　一个是电梯厂38岁的厂长赵申。这位当年的黑龙江生产建设兵团战士，原来是首钢带钢厂所属的一个集体所有制单位的职工。

1987 年 12 月 18 日，赵申在《首钢报》上看到了公司公开招考电梯厂厂长的公告，感觉自己条件符合，就果断地报名应考。

凭着丰富的阅历和管理集体单位的经验，赵申对电梯厂存在的问题和振兴的办法都看得准确，想得周全，因而在 21 名应考者的角逐中，赵申脱颖而出，并名列榜首。

1988 年 1 月 22 日，首钢正式宣布对赵申的任命，使他一举成为全首钢通过考试、考核走上厂长岗位的第一人。

另一位是 30 岁的雷成。他高中毕业后到农村劳动，1978 年到钢丝厂当拔丝工人，以后又当仓库保管工。

从 1981 年起，雷成参加了函授大学学习，5 年后获得了企业管理专业的毕业文凭，同时还掌握了英语读、写、听、说的本领。

首钢深化干部制度改革以后，雷成经过严格的笔试、面试和考察，顺利成了首钢第一个外语强化训练班 41 名学员之一。

训练班结束后，这个 4 个月前还是一名普通工人的雷成，就怀揣出国护照登上飞机，成了首钢公司第一批常驻国外的专职外贸干部。

推行干部制度改革以来，首钢在中央提出的干部"革命化、知识化、专业化、年轻化"这个总前提下，从实际出发制定了选拔、使用人才的具体原则、标准和措施。

首钢党委坚持"时势造英雄""百步之内，必有芳草"的观点，积极推进干部改革，大力提拔有能力的年轻干部。

同时，首钢党委在任用干部时，还主张用长容短，不求全责备；有学历但不唯学历，注重真才实学；有台阶但不唯台阶，真正使拔尖人才脱颖而出；唯才干不唯资历，大胆起用青年人；尽可能让人才各得其所，各展其才。

在改革过程中，首钢党委还创造性地改变了单纯依靠组织部门工作人员"伯乐相马"式的选拔干部方法，由公司职代会通过了"领导干部选拔考试考核条例"，这个条例引进了人才竞争机制，体现了民主化、公开化和科学化，使全体职员、工人处在同一个"起跑线"上，不论你是男是女，是干部或是工人，都能公平地参加干部选拔。

首钢干部制度的改革，为首钢的其他改革增添了活力。有了这批年轻化、知识化的干部，首钢的改革如虎添翼般地向前发展了。

继续坚持责任制改革

1990 年，首钢再创一个新的奇迹，吨钢煤耗从 1978 年的 1247 公斤，降为 858 公斤。

这个成果的取得，自然与首钢实行的责任制有关。责任制改革是首钢改革的主体，从改革之初，责任制就为首钢创造出了许多奇迹。

当时有人说：一包到底的承包制是首钢管理体制的"主心骨"。这话不假，但有了承包制，并不等于就有了"主心骨"。

对此，首钢副总经理潘华垣经常对人说："企业管理中，不在于有没有责任制，而在于责任制如何落实。首钢之所以搞得好，关键是责任制落实到了每个岗位、每个职工。"

于是，把责任制真正落实就成了首钢进一步深化改革的主要方向。

在落实责任制过程中，首钢努力确保内部承包责任制科学、严密。

为此，首钢领导者不仅将全公司总的生产经营指标层层分解，一包到底，而且把技术业务工作要求也一项不落地承包到各个岗位。

首钢的承包，包括"包生产""包技术"，这就是首钢的"两包"。

当然，首钢的承包还有指标性要求，这些指标都强调先进性、高标准、高水平。

同时，随着生产技术的发展，首钢领导层还不断修订指标，水涨船高。

经过首钢上下的一致努力，首钢的责任制获得了很好的落实。

当时，在首钢公司，每一个首钢人对自己的责任，本段、本厂的当月生产任务，全年工厂和公司的生产经营目标都清清楚楚。怎样去努力实现，一条条措施也很清楚。

在众多的责任制指标中，吨钢可比能耗是衡量降低能源消耗和生产成本的一项重要指标，也是首钢重点抓的指标之一。

改革前，首钢吨钢可比能耗偏高，在国内钢铁行业中并不先进，与国际先进水平相比就更落后了。

在承包中，他们每年提出高标准的降低能耗指标。为此，公司总经理、生产副总经理和生产技术部能源科负主要责任，烧结、焦化、炼铁、炼钢、轧钢各厂也分别确定了先进的降低能耗指标要求，并一直落实到炉前、机房的操作工和有关处室的干部。

按照这一责任明确的宝塔式承包体系，首钢组成了全公司的节约能源工作网络，采取各种措施奋力追求降耗指标。

经过一年又一年、一个工序又一个工序的拼搏，首钢1990年的吨钢可比能耗终于降到了858公斤，这项成就在国内同行业中居第一位，在国际上也处于先进行列。仅此一项，一年就可节约煤炭100多万吨。

除了"两包"之外，首钢还有一"保"。以往各部门、各工种衔接部位经常出现"两管两不管"的扯皮现象，造成效率低下。

为了解决这个"老大难"问题，首钢在深化改革中，按照社会化大生产分工协作的要求，把各部门、各工序之间的协作关系都纳入责任制的要求，制定了必须互相保证的责任制。在新明确的490项专业协作责任关系中，有329项就是过去经常扯皮的"老大难"问题。

新规定的制定立刻起到了效果。当时，首钢动力厂的重要职责是确保炼铁厂高炉的冶炼用风。

但在过去，各种指标对合理供风的要求不细，供风单位乐得开"保险车"，致使大量多余风能白白放空。而解决这一问题又很容易造成相互扯皮。

在新的承包责任制中，首钢把用风和节风的双重指标一起落实到动力厂，促使这个厂研究改进工作，在分析了2900多种原始记录之后，摸清了春夏秋冬不同季节的风机最佳运行曲线，进一步密切和炉前的协作联系，尽量减少风能损失，结果，吨铁用风降低5%。仅此一项，一年即节约费用54.6万元。

"两包一保"的进一步落实，使首钢的面貌发生了巨大的变化。实行改革后，企业里的事，过去主要是领导、骨干、劳模操心尽责，现在，从上到下，从经理到全体职工都来操心尽责。追求最高经济效益的机制在首钢全面形成。

在健全了责任制后，首钢决策者明白：有了内部的承包制，还要按高标准严格考核。没有严格考核，再好的承包制也会流产。

于是，在首钢党委的带动下，首钢又开始重点抓责任制下的高标准考核问题。

高标准的要求，首先从领导抓起。

一次，首钢生活管理委员会党委书记王若廉去讲党课，因等错车迟到了10多分钟。在讲课时，他的第一句话就是检查，然后又主动扣除了自己的当月奖金。

对于各级干部的考核，首钢一直是一视同仁、严格要求的。按照周冠五提出的"凡是3个月完不成企业承包任务、半年打不开生产经营局面的干部，一律就地免职"，在深化改革过程中，首钢对这项规定又做了发展，明确提出：干部降职同时降薪。

1989年，首钢炼铁厂承包指标没完成，影响了全公司的经济效益。

按规定，这个厂的厂长、副厂长都被免了职，其中，生产副厂长一次降了两级工资，被调到高炉上当了工程师。

新调整上来的工厂领导班子全力以赴，改进管理，

1990 年创造了产铁 355 万吨的新纪录，比上一年增产 34 万吨。

首钢在执行"三个百分百"的考核办法时，是非常严厉的。

一次，首钢一位老工人因多投了料，尽管由于发现及时，没有造成损失，但仍受到了从 8 级工降到 6 级工的处罚。

1989 年 10 月，三号高炉亏产 5 万吨，影响了全公司的经济效益，结果全公司无一人得到当月奖金，而炼铁厂的领导则受到了降职、降级处分。

起初，许多人认为"三个百分百"太严了，特别是第三条，不问客观原因和是否造成损失都要处罚，难以理解，并有不少人外出"告状"。

但是，首钢一直坚持"三个百分百"不动摇。因为，如果讲客观原因，上班迟到、生产中不尽责，都可以找到许多客观原因，考核就落实不了。

如果违反规章没有造成损失就不处罚，也会助长侥幸心理，考核还是严不起来。特别是在生产日益现代化的企业里，打错一个计算机指令，按错一个电钮，都会造成重大事故，甚至机毁人亡。因此，首钢坚持百分之一的漏洞都不能留。

通过多年的实践，"严是爱，松是害"的真谛被越来越多的职工理解了，由不自觉到自觉，认真负责，严格遵守规章的人越来越多了。

上班时，有人赶不上班车，宁可坐出租车也不愿迟到，这种事在首钢并不新鲜。

严细作风的养成，不但成为首钢不断跃上新台阶的源源不断的驱动力，也为首钢培养出了一支真正过硬的队伍。

首钢初轧厂有一位班长，过去怕得罪人，在管理上老是想得过且过，并奉行"五点"原则：工作自己多干点，对上瞒着点，对下护着点，考核松着点，好处为班里多捞点。

结果，这位班长越怕得罪人越出问题。

1989年，该班5个月中有4个炉钢不合格，并且全班组6个月连续在全工段倒数第二，为此，该班奖金也比其他班组低70%。

这件事使这位班长深受教育，他懊悔地对班里的工人讲："唉！现在我终于明白了，在首钢，以后'老好人'是当不得了。"

自此以后，这位班长在工作中再也不做"老好人"了，他严格管理，严格考核，结果使班组面貌焕然一新，从倒数第二变成了正数的第一。现在，要再想放松考核，连工人都不干。

1986年6月的一个深夜，因厂外电力系统出了事故，首钢厂区全部停电，这对于首钢来说可是一个不小的麻烦。

面对紧急情况，一万多名当班职工熟练地按规程摸黑操作，使9402台电机无一损坏，没出任何事故，而且送电后不到两小时就全面恢复了生产。

很多人说，这是首钢工人责任心强、技术熟练的体现，可谁又能说这不是责任制的力量呢？

公有制人人有份，也应当人人尽责。首钢人在讲到他们的责任制时总爱这样概括：

我们要把公有制落实到每一个人。

是啊，效益和效率绝不是资本主义的专利品，公有制落实到人，社会主义的优越性才能真正落到实处。正是因为认识到这一点，首钢的责任制改革才取得了巨大的成功。

首钢深化分配制度改革

1987 年，而立之年的赵四盼成了首钢特钢公司第二炼钢厂的一名铸锭工。很快，他的月收入就提高到 300 多元，还有好几个月交纳过个人收入调节税。

而在此之前，赵四盼原是北京一家肉联厂的剔肉工，月收入不过百元出头。

面对收入的巨大变化，赵四盼深有感触地说："过去，干多干少一个样，干好干坏差不多，越干越没劲。现在，干得多干得好，收入就拿得多，越干越有劲，越干越有盼头。"

赵四盼收入的增加得益于首钢对分配制度的改革。

当时，在不少企业流传着这样一种说法：只要一看工人的岁数和工种，就能估算出他挣多少钱。

而这种"相面"法在首钢却不灵光。在首钢，只要你干得出色，就可以比别人挣得多！

为改变职工工资水平与企业经济效益相脱节、个人收入的多少与责任轻重、贡献大小相背离的状况，首钢实行了岗位工资制。

实行岗位工资制后，无论管理岗位、技术岗位还是生产岗位，均按在企业生产经营中的重要性和技术业务复杂程度、贡献大小、环境优劣确定各类岗位的工资等级标准。如转炉炼钢工的最低工资等级由原来的 3 级改为 6 级，最高可达到 10 级，班组长的最低工资等级不低于 4 级，而且随着其技术业务水平的提高，不存在工级到头、工资到顶的问题，以鼓励工人向更高的技术水平发展。

不仅如此，首钢还制定了岗位工资管理办法，做到在什么岗位就拿什么岗位工资，职工岗位变动时，工资也随之变动，该升则升，该降则降，能上能下，破除了"论资排辈""熬年头"的传统做法。

岗位工资制的推行，充分调动了首钢广大职工的劳动积极性。当时很多工人的明显感受是，越干越有劲，越干越有盼头。

一时间，在岗位工资制的带动下，在首钢，紧张的工作计划已成为广大职工的自觉要求，每年都涌现出一批勇挑重担、争做贡献的"功勋厂"。

拥有 4000 多名职工的带钢厂，1982 年并入首钢时实现利润只有 1749 万元，但到 1989 年已猛增到 1.5 亿多元。1990 年，全厂职工又主动加压，一年之内 5 次调高承包指标，结果实现利润两亿多元，比计划增收近 6000 万元。

厂长王庆瑞高兴地说："现在大家不怕任务重，就怕没活干。"

岗位工资制的激励作用还表现在处罚上，在这种制度下，因没能完成任务而受到处罚的企业职工，看到自己收入的减少，所激发的劳动热情也是巨大的。

1989 年 11 月 8 日，在气氛严肃的干部大会上，首钢公司领导宣布了工厂委员会的决定：

> 由于 10 月份实现利润没有达到我们自己制订的计划，全公司不发奖金。这是执行我们开始实行承包制时制定的制度。

这句话很是震动人心，它的影响也是巨大的，它以最快的速度向四面八方扩散。

一个月不拿奖金，对每个人来说少的几十元，多的上百元，这不是个小数。一个月辛辛苦苦干下来，一分钱奖金不拿，这可是改革以来没有过的。

对此，职工们七嘴八舌，议论纷纷，但归纳起来只有一个意思：奖金是超额劳动的报酬，全公司没完成利润计划就不该得奖金。

最后，大家一致认为，不拿奖金事小，如何补回损失才是最重要的。

于是，首钢广大工人的积极性又被调动起来了！

人们普遍感到了一种压力，这是一种作为企业主人的压力，这种压力变成了动力。"立即行动起来，把损失夺回来"，成为首钢职工的自觉行动。

当时，首钢二线材厂精整工段乙班 45 岁的共产党员武绍平，正准备回乡探亲跟家人团聚，东西都准备好了，就等出发了。

然而，武绍平听到干部大会精神后，稍微考虑了一下，就马上取消了自己的安排，三步并作两步跑到党支部，激动地对书记说："为了搞好生产，我探亲假先不休了。"

焦化厂有个青年，干部大会精神传达后，他手里拿着两张纸，推开了车间党支部的门，支部书记心里"咯噔"一下，以为他是来发牢骚或申请困难补助的。因为这个青年平时表现一般。

然而，令支部书记没想到的是，这位青年送来的竟然是一份入党申请书。这位青年还说："咱不能只为奖金干活儿。首钢遇到困难，咱要冲锋在前，为首钢改革做贡献！"

激情迸发以后，紧张的劳动就开始了！

当时增加铁产量是提高生产的关键。为了尽快把铁产量搞上去，扭转"滑坡"的局面，一批作风硬、技术强的骨干支援到炼铁一线；公司内部的炼铁专家、技术人员积极为炼铁厂出主意想办法；炼铁厂每天组织技术讨论会，根据高炉的生产情况，随时研究，商讨对策，制定措施。

为了保证高炉稳产高产，运输部的职工精心组织，合理调度，保证运输。

一次，三号高炉出铁时，从出铁口沟嘴跑出两三吨铁水，把铁锅与铁轨铸在了一块，按常规该由铁厂处理，需两个多小时。

但运输部的职工没等铁厂招呼就自动组织起来，立即开动机车，用钢丝绳拉，连割带撬，用一个多小时就处理完了，为铁厂赢得了宝贵的时间。

在铁水不足的情况下，3个炼钢厂广泛发动群众，集思广益，积极采取措施多吃废钢，用有限的铁水多炼钢。

第一炼钢厂的技术人员和炉前工还想出了一个个高招：往转炉加煤、多吹氧、预热废钢到1000℃左右……

当时首钢产品单利高的首钢第二线材厂为了扭转首钢利润没能按计划完成的不利局面，广大职工严格执行"三规一制"和承包制，积极改进管理，强化设备检修与维护，并针对技术难题组织攻关。

面度精轧机和吐丝机不同步，影响了产量和质量，技术人员瞄准这一关键问题，在现场用笔录仪录下瞬间的每个动作，然后将记录放大，一点一点地核对时间坐标和速度坐标，寻找出需要改进的参数，在此基础上修改控制软件，解决了精轧机和吐丝机不同步的难题，使线材的产量创出新纪录。

奖金停发后，首钢职工动脑筋、算细账的明显增多。他们不是算个人收入账，而是算挖潜、增收节支账。

中型厂职工在几天之内算了40笔账，制定了9条措施，当年后两个月就增利50万元。

机械厂铸钢车间炼特殊钢时需加锰铁，市场上锰铁价格昂贵，需要几千元一吨。

　　于是，为了降低成本，铸钢车间职工把主意打到废料堆上。废料堆里的履带链条和电铲牙尖中都含有锰，可以替代锰铁。

　　说干就干，铸钢车间职工在废料堆里翻拣，从小的几公斤到大的四五十公斤，几天就拣了一大堆，节省开支5000多元。

　　机运公司拥有大型和特大型吊装设备，职工在确保完成公司任务的基础上，走出去寻找用户，为公司增利。当他们得知山东胜利油田需要300吨吊车时，便马上联系，签订了转场合同。

　　为了增收节支，首钢职工费尽心思。就这样，在全体职工的奋力拼搏下，11月份，首钢公司实现利润1.73亿元，不仅完成了当月计划，而且还弥补了10月份1000多万元的计划亏欠。

　　看到这一个月的巨大成就，很多首钢的老工人都激动地说："如果没有工资制度的改革，这一个月的成就连想也不敢想啊。"

继续完善职工民主制

1986 年，中共中央和北京市委批准了首钢的一项新改革举措：首钢成立由职工代表大会选举产生的工厂委员会，并在公司推行工厂委员会领导下的经理负责制。

这个体制包含有 3 个方面：一是职工代表大会是企业的最高权力机构；二是工厂委员会负责职代会闭幕期间的重大决策，总经理负责日常生产经营的集中统一指挥；三是党委实行政治领导。

这种领导体制的形成，是首钢深化职工民主改革的重要成果。其实，首钢的民主改革早在首钢实行改革之初就已经展开了。

在改革之初，万里就对周冠五说过：给首钢放权不是放给一个人的，是放给首钢全体员工的。

为此，首钢在改革中采取多项健全职工民主的措施，在决策时，发挥民主的作用，让广大工人积极献策。在工作中发挥民主，让工人以主人翁的态度对待企业。

同时，为了克服管理处可能出现的各种弊端，首钢在改革中特别重视发挥职工对管理层的监督作用。一位曾经采访过首钢的记者这样写道：

在一次座谈会上，我们和一位 20 多年一直在铣床上工作的女工谈起这个问题："如果干部处理问题不公平，你真敢去告他吗？"

"当然要去告。"

"为什么呢？"

"因为真有人管。"

"你不怕打击报复吗？"

"我们这儿，涨工资、发奖金，都得按制度走，按时公布。我如果违规违制，该怎么考核都有规定，领导要是乱考核，他自己就要受到考核。"

"你去告过领导吗？"

"这种不公平的事在我们这里不多了。前几年，有个工段领导，给一个不该涨工资的人涨了工资，职工举报后，他被撤了职。"

首钢的民主制改革取得了广大工人的信任，他们在新的民主体制下，真正享受了被尊重的感觉，劳动激情获得了很大提高，这为首钢公司效益的提高准备了重要条件。

在民主改革过程中，首钢带钢厂开发大理石锯条新产品，就是首钢民主改革重大作用的一次体现。

改革伊始，首钢带钢厂就意识到，只有尊重职工群众当家做主的权利，充分调动职工的智慧和力量，企业才能充满活力，才能不断开创新局面。

为此，首钢带钢厂在开发大理石锯条新产品过程中充分利用了这一点，结果就取得了巨大成功。

1985 年，首钢公司给带钢厂下达的利润任务指标是 2107 万元。但经过测算，带钢厂只能完成 1760 万元，有 347 万元的缺口。

怎么办？完不成公司的任务，不仅要影响到公司全局，而且也影响职工群众的切身利益。

面对困难，带钢厂的几位领导深知，光靠他们几个人不行，而职工群众的智慧才是无穷的。

于是，几位领导就召开了职工大会，向职工讲清了工厂面临的形势和任务。

这一下，民主的力量再次显现出来。会议结束后，带钢厂职工们立即行动起来了，在不到一个月的时间内，就提出了 118 条建议。

带钢厂管理者综合了职工们的建议，最后发现职工的建议比较集中的是"利用和发挥带钢的优势，在不增加原材料的情况下，搞制成品"。

当时，工厂有的职工提出利用废带钢制电视天线，虽然在一个月里就拿出了产品，但销路不理想，随后又试制了百叶窗、衣架，效果也不好。

这几个产品没有成功，并不代表其他产品不能成功，为了完成利润指标，首钢带钢厂决定通过各种方式，寻找有市场价值的新产品。

首钢改革的一个非常成功之处，就在于通过承包机制，使公司、厂子的压力变成了职工的压力，变成职工自觉的主人翁行动。

1985年4月，带钢厂生产经销科的林兴龙、周晓明参加了全国冶金行业订货会。他们知道，那几年厂里开发的几个产品因为与市场脱节都没有成功，这次可是难得的捕捉市场信息的好机会。

于是，来到会场后，林兴龙、周晓明二人留心观察，多方打听。最后他们发现，在订货会上，大理石锯条非常抢手、紧缺，而生产锯条的原料就是带钢。

发现这一信息后，林兴龙、周晓明二人非常兴奋，他们立即将这一情况向厂里做了汇报，并建议生产大理石锯条。

此信息对带钢厂来说恰似久旱逢甘雨。接到消息后，厂里立即成立了专门的开发小组，由厂领导亲自搜集、翻译资料，并派人到全国18个省、市做进一步调查。

在所调查的18个省、市中，他们发现当时全国有92个生产大理石的厂，每年锯条的需求量近两万吨，厂家苦于市场上供不应求，只得到处求援高价买热轧带钢自己加工。

而在当时，锯条的单利很高，一吨优质带钢的国拨价只有720元。并且锯条的生产工艺也非常简单，只要把带钢拉伸一下，切成定尺，两端各打一个孔，就成为成品。就靠这些简单的加工，每吨价格高达1300多元。

情况摸清后，厂领导当机立断，立即向公司申报，公司批准后，就立即组织投产。

就这样，投资不到 10 万元，在一个不足 500 平方米的厂房内，安装了一台拉伸机，3 个月后就正式投入生产。

产品下线后，迅速占领了市场。利润也滚滚而来，带钢厂当月便收回投资，并在当年创利 114 万元。

大理石锯条上马并获得成功，这使带钢厂广大职工欢欣鼓舞，因为这是他们亲自参加企业经营决策的结果。

在此以后，广大职工当家做主的积极性和责任感更强了。

1986 年 2 月，带钢厂生产经销科的沈刚注意到，有些小厂看到平板锯条工艺简单，获利高，纷纷准备上马，这对带钢厂的锯条市场将构成一定的威胁。

而当时北京花岗石二厂使用的进口锯条，只比平板锯条多个斜槽，工效至少提高 15%，价格每吨要高 150 元。

掌握了这一情况后，沈刚就把这个信息和样品一同带回厂，进行可行性研究和试生产。一周后，带钢厂便拿出了第一批产品。

1986 年，仅这种产品就实现利润 322.9 万元。

1986 年 10 月份，带钢厂职工黄炎标和齐益昆到广东石材协会参观和走访用户时得知，在广东、深圳最少有 35 个大理石厂家引进了或准备引进意大利、西德等国的切割设备。这种进口设备所使用的带孔锯条都要依靠进口，由于外汇紧张和进口价格很高，这些厂家都急切地盼望国内能生产。

了解这一情况后，带钢厂就积极组织力量开发这种锯条。这种锯条工艺复杂，为了争取时间，在没上新设备的情况下，带钢厂职工就手工操作钻床打孔。

这样一来，工人的工作量就大了。因为一根锯条重32公斤，要打52个孔，一天下来，再棒的小伙子，胳膊也都累肿了。

然而，职工们凭着主人翁精神，顽强拼搏，很快就攻克了这个难题。1987年初，带钢厂就开始交货，并及时占领了市场。

1987年8月份，在北京召开的首届全国石材展览会上，作为解说员的带钢厂技术员李庆石发现，有几个石材加工厂亮出了一种新型的镶金刚石的锯条。这种锯条耐磨、精度高、石材损耗小，很受厂家青睐。但镶金刚石的锯条国内没有，要靠进口。

此时，李庆石就想，虽然生产这种锯条的工艺要求比较高，但单利要比平板锯条高几倍，价格每吨近万元，而成本只有5000元。

于是，李庆石就与其他同志一道进行分析和论证，给厂里写了可行性报告。

1987年10月1日，带钢厂经过两个月的试生产，终于拿出了样品，送北京大理石厂进行试验。结果，各项性能指标均达到进口锯条的技术标准。

就这样，带钢厂的第四代锯条又诞生了。

带钢厂就这样依靠广大群众的主人翁智慧和创造力，不断开发新产品，不断攀登经济效益的新台阶。

首钢完善民主制激发的动人故事还有很多，当时在首钢还广泛流传着一个工程师参与决策的故事。

1987年10月22日时近中午，在首钢新建成的第二炼钢厂连铸车间的巨大厂房内，一炉200多吨的钢水，被巨大的天车平稳地吊放到首钢引进的、具有80年代世界先进水平的8流小方坯连铸机平台上。

接着，操作工打开钢包底部的水口，一股炽热的钢流很快注满了中间包，并分流注入垂直振动的方口结晶器。

瞬时，只见连铸机下面一溜排开的8个出坯口由暗变明，泛着红光的8条火红的钢坯，沿着弧形辊道缓缓平伸，像8条彩虹降落车间，景象壮观。

站在平台和走廊上的人们喜笑颜开：成功了，8流全出来了！顿时，整个车间一片欢腾。

此刻，首钢公司"引进办"的工程师史宸兴更是喜形于色，心潮难平。

史宸兴1963年大学毕业到首钢后，一直搞连铸技术的开发和专题研究。

多年来，史宸兴虽多次呈书领导建议上连铸，但由于企业无自主权，重大技术改造的决策也不在企业自己手里，因此，史宸兴所提的建议始终被束之高阁。

改革的春风给首钢送来了勃勃生机，也给史宸兴带来了施展才华的机会。

1984 年，首钢公司决定用自己的力量，采用国外先进技术和装备，加快钢系统的技术改造。

这样，史宸兴就被调到公司技术引进办公室，专搞连铸技术的引进工作。

当时，首钢公司决定引进比利时二手转炉设备进行炼钢扩建改造。这两座 210 吨的大转炉如何与小方坯连铸机配套，成了首钢公司生产、技术发展和经济效益提高亟待解决的大课题。

作为长期从事连铸技术开发和研究的技术人员，史宸兴感到自己有义不容辞的责任。他觉得要做好这一决策，不仅仅是公司领导的事，也是首钢每一名职工的事，自己是搞连铸的，应当以主人翁精神，无私地把自己的知识奉献出来。

当时，工艺上有两条路可走：一是先铸成大方坯，再经过开坯生产小方坯；另一条是直接用方坯连铸机生产小方坯。

前者是国内外许多厂家沿用多年的老工艺，轻车熟路，稳妥、保险，但设备投资高，能耗大，成本高。而后者突出的优点是能耗小，投资、成本低，只是技术、操作要求高。当时，史宸兴就想，如果在技术上能解决产品质量和操作稳定性的问题，用方坯连铸机直接生产小方坯无疑是一条最经济、最先进、最可行的途径。

于是，史宸兴就开始着手研究。他一方面利用同学、朋友等渠道，想尽一切办法，尽可能地搜集最新的技术信息；另一方面，对涉及的技术难点逐一分析研究，寻找解决的办法和措施。

经过夜以继日的研究和分析，在反复论证的基础上，史宸兴大胆地提出了用方坯连铸机直接生产小方坯的初步方案。

然而，当史宸兴提出这一初步方案后，很多人怀疑，也有些人反对，他们还提出了各种各样的疑问。

一些好心的同事和朋友也劝他："这么大的事，还是让领导去决定吧！"

面对这一情况，史宸兴的思想负担很重，但是一种要让世界第一流的连铸技术在中国特别是在首钢得到应用的强烈的主人翁责任感激励着他，鼓舞着他，要当好这个家、做好这个主。

为此，史宸兴以高度负责的精神和科学求实的态度反复论证，终于拿出了一个可行的技术和引进方案，帮助公司决策。

为保证方案的切实可行，史宸兴还针对初步方案中的问题进一步做了分析和论证，并和几位同事对国外几个厂的实例进行了认真研究，最终认定用大炉子配小方坯连铸机，技术上是可行的。

有了切实的方案，史宸兴就更有信心了。他写出了详细的可行性分析报告，上报公司。经过公司的反复论

深化改革

证，最后，史宸兴提出的方案被批准并付诸实施了。

当两座壮观的拥有世界最先进技术的 8 流方坯连铸机在宽敞高大的新炼钢厂房内矗立起来的时候，冶金部领导和兄弟单位的同行纷至沓来。

一位同行看到后，感慨地说："这些年来我们碰到、想到但始终没有做到的，首钢人想到、做到、解决了，而且解决得这么好！"

中国连铸学会写的专题文章中，赞扬"首钢引进的 8 流方坯连铸机具有 80 年代的先进技术水平"。

这是对首钢改革、首钢人的赞美，也是对一个普通工程师参加企业决策的最好奖赏。

当然，如果没有首钢的改革，没有首钢的民主制度建设，史宸兴也许就不会有那么大的兴趣和毅力去克服这一技术难关；如果没有改革，即使他克服了，也许有的部门也不会去接受他的成果。

是啊，是改革赋予了首钢人无比的激情，是改革促使首钢干部用宽广的胸怀去吸纳各种好的建议。因此，民主制改革使首钢充满了生命的活力。

成立职工监察委员会

1986 年 9 月，送走了酷热的夏天，首钢人迎来第十届首钢职工代表大会第二次会议。

此次会议选举产生了首钢职工监察委员会，并制定了《首钢职工监察委员会条例》。

10 月 8 日，首钢职工监察委员会举行了成立大会。

此后，首钢下属的各公司、厂、矿、工程公司，也通过本单位的职工代表大会，相继选举产生了职工监察委员会或职工监察小组，在车间、班组选举了兼职监察员或兼职联络员。

就这样，从上至下，首钢建立了一个完整的监督网络，使职工当家做主的权利和首钢的其他各项改革获得了有力的保证。

监察委成立时，不少职工并不相信它真能对领导干部起多大监督作用。

面对质疑，监察委的同志遵照周冠五"要做黑老包"和"要抓大事，抓实事，见实效"的嘱咐，坚持民主监察工作"群众性、民主性、公开性"的原则，以卓有成效的工作很快取得了群众的信任。

1987 年 4 月，首钢铸管车间丙班浇铸组一名工人向厂职工监察小组反映：上一年，他与同班另一名工人切管时，违反操作规程，切短了 30 根。当时班长只让他一人填报违规违制表，并说另一名工人的奖金由他们两个人分。

厂职工监察小组经过调查，确认这位工人反映的情况属实。

于是，监察小组就向厂常任主席团提出建议，给另一名工人补报违规，班长因故意隐瞒事故也要按违规处理。

5 月 27 日，主席团经讨论决定接受监察小组的建议。但在执行中却出现了问题。

原来，车间在执行中将揭发的人也定为违规，理由是他过去知情不举，现在揭发动机不纯。

班长还对揭发人说，你一天不填违规违制表，一天不计奖，两天不填两天不计奖。这名工人无奈之下，只好又填了违规违制表。

厂职工监察小组得知这个情况后，向主席团表明态度，铸管车间对揭发人的处理是错误的。

但在此情况下，车间领导仍坚持己见，厂党委书记找其谈话时，他表示组织上服从，但思想上保留。

此后，职工监察小组研究认为，对此事能否处理得当，是直接关系到职工民主权利能否得到保证的大事。为此，他们把这个想法向首钢职工监察委员会做了专门汇报。

首钢公司职工监察委员会接到汇报后也非常重视，

并决定和铸造厂职工监察小组一起召开"职工审理会"，公开审理此事。

6月23日，经过认真准备之后，职工审理会在大家的关注下举行了。

当事人和各车间、科室职工代表35人参加了会议，其中工人19人，干部16人。

审理会开始后，监察小组首先宣布了审理会注意事项，要求与会者畅所欲言，实事求是，以理服人，秉公审理。

接着，铸管车间两名主任也陈述了让揭发人再次填报违规的理由。

此后，职工代表开始踊跃发言。

审理会从8时一直开到12时30分，有19名职工发了言。

在发言中，大家纷纷指出，把揭发检举问题的人说成知情不举，是颠倒是非，也不能因举报晚了论罪，这明显是一种报复举报者的行为。

最后，铸造厂监察小组作出了审理裁决：工人向监察小组反映问题是职工应有的民主权利，这名工人经过长时间的思想斗争，向监察小组反映了实际情况，是进步的表现，不能把过去未讲说成知情不举。车间让其再次填报违规违制表是错误的。

同时，审理会还作出决定：1.车间主任向揭发人道歉；2.车间主任写出深刻检查；3.车间举一反三进行职工当家做主的教育。

会后，监察小组向全厂职工通报了审理结果，并监督审理决定的落实。

鉴于此事造成的不良影响，首钢职工监察委员会批准厂监察小组的意见，给予该车间主任记大过处分，并免去车间主任职务。

审理结果公布后，许多工人感慨地说，没想到工人和车间领导"打官司"还真打赢了！监察小组真是替咱们工人说话的啊。

就这样，通过实际工作中的努力，监察委员会获得了首钢广大职工的认可，并被广大职工亲切地认作"娘家人"。

监察委员会的工作，对保证职代会决议的执行，承包任务的完成，增强广大职工的主人翁意识，创造一个民主和谐、人心舒畅的环境起到了巨大作用，有力地促进了首钢改革的顺利进行。

四、 辉煌成就

● 油泵油嘴厂的一位职工说："过去是一堵大墙，一个大门，与社会隔绝，如今一走向社会，天地太宽了。"

● 方克用两道冷峻的目光盯着吴明水说："看来，吴指挥已经很有把握了。"

● 贾光山深有感触地说："首钢的改革事业激励了我的学习热情，给我提供了机会和条件，使我不断成长起来。"

首钢改革造就崭新企业

1988 年 7 月 11 日，吉林柴油机厂门口的大牌子上又多了两个字，变成了首钢吉林柴油机厂。

此前，吉林柴油机厂一度辉煌过，但以后逐渐出现了经营困难，进入 20 世纪 80 年代后，吉林柴油机厂更是举步维艰。

1984 年，吉林柴油机厂在长春获得了一个当时极为时髦的称号"万元户"：一个万名职工的大厂一年才盈利一万元。换句话说，一个拥有 16 个分厂，有着 30 多年历史的大军工厂一人一年创利仅仅一元！

而这仅仅是吉林柴油机厂走下坡路的开始，并且是一走便是几年都抬不起头来。

当初，人们常形容军工企业转向民品开发是"老虎下山"，可随着国家指令性计划、军品任务的骤减，吉林柴油机厂在转轨中却是有点"上山容易下山难"了。

这一转竟转了三四年，其间是产品无方向，改造无资金，生产无任务，经营无效益，职工无奔头。

1985 年至 1988 年上半年，吉林柴油机厂共亏损 3000 多万元。一时间，一个曾为国家作出过重要贡献的大军工厂竟然变成了一个大包袱，提也提不起来，甩又甩不掉。

正当吉林柴油机厂面临着 1988 年下半年将亏损 750 万元、走投无路的当口，国务院决定将 13 家军工企业划归首钢。

此时的首钢，经过几年的改革，效益大增。于是很多人都认为吉林柴油机厂这次可算找到了一条生路，背靠首钢这棵大树，还愁没饭吃！就连厂内不少职工当初也这么想。

谁知本想找条生路的吉林柴油机厂却又钻了条"死路"：划首钢后，首钢一不给钱，二不给物，更不给什么产品任务，还外加了"苛刻"的一条：下半年亏损不能超过 350 万元。

当然，"首钢"这两个字加在门口的大牌子上也不是白加的。此时，首钢的决策者明白，面对吉林柴油机厂的这种局面，即使支援再多的资金，也只是个无底洞，甚至会把首钢也拖下水。

怎么办？刚刚尝到改革好处的首钢，决定再一次在吉林柴油机厂创造承包制的奇迹，因为只有这样才能从根本上解决吉林柴油机厂的造血问题，才能拯救包括吉林柴油机厂在内的这 13 家新划入首钢的军工企业。

于是，作为吉林柴油机厂新管家的首钢果断决定，允许吉林柴油机厂实行全员承包。

最初，吉林柴油机厂的职工自己都不相信，逼上绝路的厂子，甩开膀子大干一番后，厂子竟能"死去"之后又"活来"。

按原来的设想，1988 年下半年能争取少亏损点便算是不错了，盈利，从来没有想过。

可结果当年下半年，吉林柴油机厂不仅没亏，反而盈利 100 万元。

奇迹的创造，不是来自外部环境的改善，而是来自承包，来自承包后高额奖金对职工的刺激，更来自承包后广大干部工人的奋力拼搏精神。

当时，吉林柴油机厂厂长兼党委书记王恒纯对全厂提出的口号是："与其坐以待毙，不如奋起一搏。"

于是，在王恒纯的带领下，吉林柴油机厂开始了承包后的大拼搏。

对于此时的吉林柴油机厂来说，开发新产品是一个决定企业命运的关键问题。

过去，厂里开发一项新产品常常要几年时间。而今，吉林柴油机厂不仅快速开发出了新产品，而且还选择了适销对路的新产品。

除了巩固原有的一些产品外，厂里开发出 6110 发动机系列产品，从而走出了"单打一"的旧格局。

很快，吉林柴油机厂的产品从粮食烘干机械到炼钢用的重要设备，走向了社会的每个角落。不少新产品都是当月设计，当月试制，当月投产。

1989 年，吉林柴油机厂自己 3 次加压，年初提出全年完成产值 7750 万元，4 月份加到 8500 万元，9 月份加到 9500 万元，11 月份又加到一亿元。到年底，竟完成产值 1.1 亿元，利润 400 万元，创出历史最高水平。

然而，吉林柴油机厂刚刚有所起色，便遇上了全国性的市场疲软。

怎么办？面对销售困境，吉林柴油机厂提出了全员销售的策略。承包制再一次在销售领域彰显了其强大的生命力。

当时，全厂每个单位都有销售任务。全厂人人动手，有的工人给自己的亲戚写信，推销产品，光邮票就花了 10 多元。

星期天，一家用户常常会遇到几批柴油机厂职工先后上门推销产品。

就这样，吉林柴油机厂这种万人大厂，靠万人齐动，向市场冲击，为企业赢得了广阔的发展空间。

转入首钢后，多方揽活是吉林柴油机厂的另一条经营谋略。一个过惯了上边给任务、产品全部包销日子的军工企业，从过去的高度计划经济转向市场时，要想生存，必须由"等饭吃"，变自己"找饭吃"。

当时，为了顺利实现这种转变，吉林柴油机厂真正做到了"不厌其烦、不厌其小、不厌其杂"。从小到两分钱一个的冷水瓶盖到大至几十万元的结晶器，吉林柴油机厂是有活便揽，有利便干。

同时，各分厂自己纷纷外出找活，发动分厂工人到外省、市一些船队、油田，利用技术优势修理进口发动机，一年便赚了 30 万元。

看到这种变化，油泵油嘴厂的一位职工说："过去是一堵大墙，一个大门，与社会隔绝，如今一走向社会，天地太宽了。"

加入首钢后，吉林柴油机厂的另一变化就是，在吉林柴油机厂没有干部和工人之分。用他们自己的话说，只有生产者和管理者。全心全意依靠职工，"路在自己脚下、办法在职工手中"是该厂当时得以翻身的真谛。

1988年下半年，吉林柴油机厂发动职工献计献策、共渡难关时，受到鼓励的职工们很快便想出800多条计策，从而对吉林柴油机厂的发展产生了重大影响。

随着生产形势的好转，加上实行首钢承包制的一些办法，职工们的收入较以前有了明显的提高。

原来的工厂，原来的职工，原来的领导班子，却获得了一个新生的企业。

此时，首钢吉林柴油机厂的干部职工才真正理解首钢不给资金给政策是多么英明。

首钢成功引进先进设备

1985 年冬天，首都北京，天寒地冻。

然而，就在此时，位于城西石景山下的首钢再次沸腾起来，原来首钢改革中的又一大工程，"赛兰"迁到首钢了。

赛兰是指比利时赛兰钢厂，它是一个总占地面积27.2 万平方米，钢结构和机电设备总重量 6.2 万吨，年产 350 万吨生产能力的大厂。

把这样一座宏大的钢厂，万里迢迢从比利时拆运到中国首钢，这是首钢 20 世纪 80 年代发展史上的一个壮举。

协议达成后，吴明水作为"首钢赴比利时拆迁指挥部"的总指挥，带领 297 名拆迁职工赶赴比利时，来书写这一壮举。

吴明水等人到达后，紧张的拆迁工作便按部就班地展开了。

1985 年 12 月 21 日上午 9 时，按照拆迁计划，将要用"吊环拆吊法"拆除一根不能解体，重达 270 吨，由碗口大的铆钉铆成的天车大梁。

不料，当中方负责施工的人员与配合拆除这根大梁的两名比利时 300 吨大型吊车司机讲明工作任务时，却遭到了他们的拒绝。

这两位比利时司机大喊着对吴明水说："对不起，吴指挥，按照你们这种吊环拆吊方法，我们非去见上帝不可。我们砸死了，家里老婆、孩子就可怜了，谁来管？"

不一会儿，一直在现场巡视的比利时安全局派来的国家一级安全员方克先生听到两位司机投诉后，也断然反对。他站在吴明水面前，倒背如流地搬出了"比利时国家安全法规细则条款"，并再三强调，必须用传统的"正中拦腰拴绳法"，否则，绝不允许施工。

但是，如果采用比利时要求的传统"拦腰拴绳法"拆吊，首钢租用的钢丝绳长度不够，外购不仅要花 10 多万美元，而且这么粗的钢丝绳在比利时市场上没有现货，订货至少要等半个月。

然而，在当时，别说是半个月，就是半天首钢人也等不了；因为，国内很多人都在等着赛兰的到来啊。

于是，吴明水耐心地向方克讲"拦腰拴绳拆吊法"与"吊环拆吊法"两者的利弊，讲首钢为了安全地拆掉这根大梁所做的技术工作，讲自己一生中在高炉大修中采用"吊环拆吊法"的成功案例。

一场站立在施工现场寒风中的谈判，就这样进行了近两个小时。

最后，方克先生的态度开始有些转变。他用两道冷峻的目光盯着吴明水说："看来，吴指挥已经很有把握了。那好，你敢在保证书上签字，保证能安全拆掉整根大梁吗?"

吴明水很清醒,也很清楚方克强烈指出的签字的含意。在比利时这个法治国家里,一旦"吊环拆吊法"失败,两台大型吊车砸毁,两名比利时司机罹难,自己将受到比利时司法当局的刑拘,首钢将作为国际法人赔偿对方的一切损失,而方克先生就可从中解脱责任。

为了抢回宝贵的拆迁时间,根据自己的科学论证及一生的实践经验,吴明水当即斩钉截铁地回答:"我敢签!"

"那好!两位司机你就不要管了,由我去做工作。"方克说完后就去说服司机了。

很快,用"吊环拆吊法"拆除天车大梁的工作如期开始了。当两台大型吊车吊碗口粗的钢丝绳,拉直并慢慢勒紧后,大梁开始慢慢向上移动。

就在这一刹那间,卡在两头立柱与大梁间隙中的垫片哗啦啦地从高空跌落下来,高高悬空的大梁冒着粉红色的灰尘,大家的心一下就提到了嗓子眼,紧接着在一阵急促的哨声中,大钢梁起来了,又缓缓地降下来了。

顿时,工地上的人都激动地跳了起来。

方克更是兴奋得脸上的皱纹都舒展了。他握着吴明水的手摇了又摇,说:"吴指挥,祝贺你,成功了,我为你们高兴。"

两名满脸汗水的比利时司机几乎同时跳下座舱,边跑边叫喊着:"了不起!了不起!"向上挥舞着拳头,同施工人员握手拥抱。

在接下来的拆迁中，工人拆迁的工作进行得很迅速，当时比利时烈日市的一家报纸这样写道：

> 不知注入了什么伟大的灵魂、顽强的意志和坚定的思想，使中国人展翅高飞，工程进展如此神速，迫使比利时人不得不加班加点，以保持同中国人同样的节奏。

很快，赛兰在比利时的拆迁已临近尾声，如何将重达6.2万吨的钢结构构件及机电设备，特别是89件超重、超高、超长、超宽的"四超"构件及工艺设备从比利时赛兰钢厂安全运抵首钢也成了一个很大的问题。

当时，要将赛兰运抵首钢，不仅要跨越万里之遥的艰难险阻，更有拦路的三大难关必须攻克。

第一关是跨越厂区皮带通廊。要从赛兰钢厂工地把高10.74米、重190吨的转炉炉壳和直径10米、重183吨的托圈运到比利时莫子河装船，必须穿过赛兰钢铁厂铁路线和昼夜运转的皮带通廊。

但是架设皮带机通廊的标高及洞口直径只有6米，而转炉直径8.16米，高10.74米，转炉托圈直径10米，根本无法通过。

为了不影响比利时赛兰钢铁厂铁路线车辆运行及满足炼铁厂昼夜用料的生产需要，吴明水等人经多次深入工地考察、测算及研究，最终决定在铁路线旁和皮带通廊附近见缝插针，安装一台500吨汽车吊，并利用一条不影响生产的铁路线，在其上和周围垫土铺路，然后租用重型多轮拖车，把转炉、托圈运到皮带通廊附近，再用500吨汽车吊将托圈及转炉分别从皮带通廊上跨空吊到对面，然后稳定到拖车上。

于是，第一关就这样被攻破了。

第二关是横穿莫子河桥洞。大拖车将转炉及托圈运到比利时莫子河港口后，问题又来了。

吴明水和拆迁技术人员通过深入莫子河沿岸进行考察，发现轮船路经处有多个桥洞，由于物件超高太多，无法从桥洞中通过。

一时间，大家又陷入了沉思。后来，经过集思广益、反复研究，吴明水等人从古代"曹冲称象"的故事中得到了启发，一个沉船横穿莫子河桥洞的方案形成了。

方案确定后，吴明水马上派人从比利时租用了能潜入海底的驳船，采用"船舱注水下沉"的措施，使驳船路过桥洞时下沉到水里，降低到一定的高度后通过桥洞，然后再将水排出，使驳船浮出水面，继续前行。

就是靠这种方法，吴明水等人终于把这批"四超"构件及设备运到了比利时安特卫普港。

1986年夏天，从比利时安特卫普港起航的"摩士曼星"号大货轮，载着赛兰这批"四超"构件和设备，经过51个昼夜的漫长航行后，在渤海湾大沽口抛下锚链。

于是，赛兰搬运的第三关，穿越津冀京公路关到来了。一时间，如何卸船再装车运抵北京首钢，一个更大的难题摆在了首钢人的面前。

在当时的港口能力和公路条件下，让一批"四超"构件和设备进京到达首钢建设工地，必须扫除两只"特大拦路虎"。

一是天津港码头设计能力为每平方米承重3吨至5吨，无法承重65吨以上体积相对集中的货物。这就预示着这批"四超"大件根本上不了码头。

二是从天津到北京的公路有许多地方根本无法通过这批"四超"大件。因为要通过这段路，必须拆迁沿路10万千伏到35万千伏变压线路285条，拆迁通讯载波电话电缆线路289处；拆迁8座和加固4座桥梁；砍伐沿路1.7万棵树；强化公路3.7公里，修补公路2.3公里。这又是一个巨大的工程。

在国内外的广泛关注下，社会主义集中力量办大事的优越性在这里得到充分发挥。得知首钢要引进新设备后，随着国务院的一声号令，石油工业部一台日本制造的900吨巨型浮吊和租用的1500吨甲板驳船很快驶进天津港，扫除了该港口无力承接"四超"大件的"拦路虎"。

接着，又经过"设备处驻港接运组"17名同志昼夜奋战与京、津、冀省市、县、镇、村的通力合作，阻碍"四超"大件的路障也一一被清除。

当这些"四超"大件安全抵达首钢后，国内外媒体做了大量报道，给予了极高的评价，纷纷称这是一个不敢想象的奇迹。

由于首钢引进拆迁二手设备创造了一个个世界之最，对中国钢铁业发展产生了巨大的影响，吴明水领导的赴比利时拆迁团队也得到了各方面高度的评价，吴明水本人还荣立了首钢一等功。

后来，邓小平同志来首钢视察，在引进这套二手设备建起的第二炼钢厂亲切地接见了吴明水，并握着吴明水的手，高兴地说："你们辛苦了，你们干得好。"

赛兰引进后，首钢人以此为基础，建立了第二炼钢厂。这为首钢的技术进步和快速发展提供了重要条件。

员工素质普遍得到提高

1988 年 9 月，首钢职工中传颂着一个令人振奋的消息，"郑永权一文惊人"！

当时，郑永权是首钢焦化厂风机工。在由首都钢铁公司、光明日报社理论部、中国经济体制改革杂志社等 5 单位联合主办的"承包制理论与实践研讨会"征文评选中，郑永权的《关于承包制与职工当家做主的思考》一文中，以其鲜明的主题、独特的构思、充实的论据博得了评委们的一致肯定。

于是，在大都出自经济理论专家之手的 461 篇应征论文中，郑永权的论文被评为优秀论文。

就这样，郑永权成为唯一以普通工人身份参加的 10 位论文获奖者之一。

郑永权是一名普通工人，他靠什么在企业管理理论上能有所建树，并取得如此成就呢？这是首钢改革实践的大舞台为他自学成才、施展才华创造了有利的机会和条件。

郑永权出生在一个普通农民家庭，1966 年初中毕业即开始务农，1969 年参军，1975 年复员后不久便来到首钢焦化厂。

1979 年，郑永权听人说马克思的《资本论》最不容易读懂，他跃跃欲试，就买了一套平装的《资本论》，开始如饥似渴地读了起来。

一遍读完后，郑永权似懂非懂。再从头来，就这样，郑永权把那本厚厚的《资本论》连续读了3遍。这中间，他又买来不少参考书帮助阅读。

慢慢地，郑永权看懂了，也理解了。这使他眼界大开，知道了世界上不少他从来未曾听说过的事情。

1982年，郑永权报名参加了自学高考，1987年，他通过了哲学等专业的全部考试，并获得了大学专科的文凭。

有了这些知识，再加上郑永权在首钢改革和实行承包制中的亲身体验，催动他提笔写出了这篇获奖的论文，也使他对企业管理理论有了更深的认识。

在谈到实践积累对他在理论学习和研究方面的帮助时，郑永权说："承包制重要的一条就是职工当家做主，首钢这几年的变化，离不开调动广大职工的积极性，而职工只有处在当家做主的地位时，他们的聪明才智和首创精神才能得到充分发挥。作为一个工人，我在这方面很有体会。"

首钢改革和企业发展需要人才，首钢决不埋没人才。由于郑永权在企业管理的学习研究方面所取得的令人瞩目的成就，郑永权很快就被得到重用。

1988年，郑永权被调到首钢研究与开发公司从事企业管理方面的研究工作，这为他聪明才智的发挥创造了良好的条件。

到达新的岗位后，郑永权有自己的思考，他要在研究承包制方面做出新的成绩。他说："首钢的承包制不仅仅是企业本身的改革，它是要创造一种模式，要为整个国家的改革树立一个形象，为振兴中国的经济创造一种业绩。实现这个目标，我作为首钢的职工责无旁贷。"

郑永权是年轻一代首钢人中普普通通的一个，改革造就了他，承包制给了他展现才华的机会。

而在当时，像郑永权一样在首钢改革的背景下通过学习而取得成功的还有很多，贾光山就是其中的一员。

贾光山是首钢机械厂工艺装备设计员。他16岁进厂学徒当铣工，刚出徒，贾光山就琢磨着改造机床，一个多月精心绘制了20多张图纸，拿给技术员看后，大家笑着告诉他："原理不通，不能用。"

一下子，失望与好胜刺痛了这颗年轻的心，此时，贾光山立志发奋读书，叩开知识的大门。强烈的求知欲望激励着他抓住点滴时间、利用每次机会刻苦学习，不断充实自己。

贾光山是做技术工作的，他感到不懂外语就好比人少了一条腿。适值首钢职工大学恢复招生，开设外语班。

于是，贾光山毫不犹豫地到了首钢职工大学，开始了紧张的英语学习。

经过两年苦读，贾光山获英语单科结业证。

他有他的想法：学外语并不是为了获得文凭，而是为了获得知识。外语知识的掌握为他获得更丰富的知识提供了有力的工具。

1984年，他又开始学习第二门外语日语，并获得了大专单科文凭。

首钢的改革给各类人才提供了较好的发展平台，对贾光山也不例外。

1987年，经过考试，贾光山被聘为首钢情报信息网业余日语编译员。用外国语"爬格子"自有一番辛苦，但他却从中领略到学有所用的无穷乐趣。

经过不懈的学习和钻研，贾光山不仅丰富了自己的知识，而且成为厂里挑大梁的设计骨干。

1989年，贾光山参加了公司重点改造工程大钢包回转台的设计制作，其中直径7米、高2.75米的回转支座，超出了机械厂的设备加工能力，成为整个项目的关键。

面对困难，贾光山利用所学的知识，主动挑起了这副重担。经过反复思考和论证，贾光山打破常规，拟订了"小马拉大车"的加工方案，并设计了整套工艺装备，硬是在5米滚齿机上，利用铝削原理，在直径6.24米的圆周上加工出了104个直径102毫米的孔，保证了整个工程的按期完工。

1989年底，机械厂承担设计制作260吨鱼雷罐车的任务，贾光山是工艺装备设计总负责人之一。

当时，罐车自重139吨，长24.3米，两端耳轴不仅偏心80毫米，而且同轴度要求不大于两毫米。这需要走

辉煌成就

出常规，设计一套全新的焊接工艺方案。

面对困难，贾光山毫不畏惧，经过几个不眠之夜，他就拿出了分段制作、整体焊接，利用一台轧辊磨床，采用"无支撑刚性旋转焊接法"的加工方案。

方案确定后，参与具体施工的贾光山一刻也不敢放松。在施工中，他日夜盯在现场，以便随时解决加工中出现的问题。

最后，在贾光山的带领下，首钢机械厂终于按规定完成了 260 吨鱼雷罐车的技术难题。

1991 年初，机械厂光荣地接受了制作天安门广场新国旗杆的任务。新旗杆长 32.2 米，重将近 7 吨，表面要喷涂防锈铝合金。

当时，贾光山负责旗杆整杆喷涂和预安装的工艺装备设计。为了保证喷涂质量，喷涂时，旗杆需要旋转起来，这是喷涂的关键。

为了做好这项工作，贾光山查阅了大量资料，利用厂里一台报废的 C650 车床的车头为动力，完成了一整套工艺装备设计。

4 月初，32.2 米长的旗杆以每分钟 17.24 圈的速度旋转起来，缓缓地穿上了一件银光闪闪、经久不变的漂亮外衣。

紧接着，贾光山又设计出一套完整的预装方案，使安装一次成功。如今，旗杆矗立在天安门广场，庄严、漂亮、挺拔，旗杆上高高地飘扬着鲜艳的国旗。

回顾自己的成长过程，贾光山深有感触地说：

> 我庆幸自己是一名首钢人。首钢的改革事业激励了我的学习热情，给我提供了机会和条件，使我不断成长起来。我要把所有知识奉献给国家，奉献给首钢的改革事业。

在首钢改革的大潮中，像郑永权、贾光山那样乘着改革的春风，通过学习提高自己的还有很多。

为了增强职工群众当家做主的意识，培养职工必须具备的科学文化素质，首钢公司不仅取消工人职员界限，用通过"双考"不拘一格选拔人才的政策激励职工学习进取，而且先后投资 3300 万元，建立了包括培训中心、职工大学等在内的职工教育体系。

就这样，首钢通过不断地、有计划地提高职工的文化、技术、业务水平和全面素质，使广大工人缩小从"天然主人"到"合格主人"之间的差距。

到 1990 年前后，首钢职工中有 44.5% 的人已达到中专以上水平，参加各种培训和业余学习的达 70%。

最能说明问题的是首钢电子工业的发展历程。

最初，首钢只有 8 个人懂计算机，而到 20 世纪 90 年代，首钢专业队伍已发展到 3100 多人。

这些人中有些是本科、大专毕业生，而更多的是在边干边学、刻苦钻研中成长起来的。

改革 10 年后，首钢职工的素质大大提高了，他们在要当家—能当家—当好家的路上越跑越快。他们能居主人之位，能尽主人之责，为首钢公司的发展作出了巨大贡献。

同时，首钢在改革中还开展了各种形式的教育培训工作，很多普通工人经过学习走上了技术岗位、干部岗位，甚至成为理论工作者。

有人这样形容首钢改革：

首钢改革既出了技术，出了效益，更出了人才啊。

改革受到海内外赞誉

1989 年 11 月，《人民日报》发表了记者艾丰的一篇《首钢启示录》的文章，文章写道：

讲首都钢铁公司 10 年改革，给人印象最深的是这样的数字：

10 年，上交国家 70 亿元，新增固定资产 26 亿元，共为国家贡献 96 亿元，相当于 10 年增加了 9 个首钢。这以前的 30 年，相应的数字是 32 亿元。改革中的一年等于改革前的 10 年。

或许说，这还是惯用的"自己同自己"的"纵比"，那好，把它放到国际大赛场上去"横比"一番：

首钢 1988 年净增值全员劳动生产率为 1.83 万美元/人年，比 10 年前提高 2.6 倍。同期，英钢联提高 1.8 倍，美钢联提高 1.6 倍，川琦制铁提高 1.26 倍，克房勃提高 38%，新日铁提高 28%……

这是速度，我要看实在的水平！

法国西洛尔公司为 1.80 万美元/人年，联邦德国克洛克纳公司为 1.70 万美元/人年，英

钢联为 1.68 万美元/人年，南非钢铁公司为
0.95 万美元/人年，首钢高于他们……

这篇文章也许只是首钢巨大成就的冰山一角，首钢
改革的辉煌成就还有很多、很多。

接下来，文章继续写道：

承包初期，中央领导问周冠五："企业潜力
有多大？"

他回答："吃不透。"

国家计委派李仁俊来调查，他看材料，听
汇报，深夜下第一线观察，同样结论：说不清
首钢有多大潜力。

今天，几位首钢领导者仍是这个说法：企
业的潜力是一个"谜"。

你看，第一炼钢厂，设计能力 60 万吨，现
在搞到年产 222 万吨，以前谁想得到？

前苏联一位领导人参观，听介绍，一口咬
定数字算错了，到现场一看，一算，点头承认
了这"钢"的事实。

小型轧钢厂设计能力 30 万吨，今年产量也
可达到设计能力的近 3 倍。

1984 年，首钢决定实行全面电子计算机管

理时，专业人员只有 8 名，谁能想象，干了不到 3 年，也拿下来了。

兼并过来的带钢厂，7 年时间，利润年递增率竟达 31.65%，连他们自己也说，"以前不敢想象"！

10 年来，首钢共获技术专利 36 项，其中顶燃式热风炉、高炉喷煤两项已向发达国家转让。

1988 年，首钢购买了美国麦斯塔工程公司 70% 股份。

还有一个"秘密"潜力：它已可以制造年产 500 万吨钢、全部自动化的钢铁企业设备……

1992 年，《中国青年报》记者卢跃刚在"新闻分析"的栏目里，发表了题为《意在齐鲁买世界》的文章，在这篇文章里，更有许多令人振奋的消息：

首钢似乎正在抓住天时、地利、人和的机会，向世界钢铁业发起世纪末冲击。

10 月 23 日凌晨 3 时，首钢以 2000 万美元收购了占香港钢铁贸易三分之一的香港东荣钢铁集团有限公司 51% 的股份，使该公司股价大幅度上涨。

10 月 30 日，首钢以较便宜的价格收购了美国加利福尼亚钢铁工业公司年生产能力 300 万吨钢的第二转炉炼钢厂。

11 月 5 日，秘鲁政府宣布，首钢又以 1.2 亿美元的价格击败日本人，收购了秘鲁最大的国营铁矿公司秘鲁铁矿公司。

11 月 10 日上午，秘鲁大使馆致电首钢，传达了如下意思：

秘鲁总统藤森认为，首钢购买秘鲁铁矿公司是中秘关系史上划时代的大事。总统希望在秘鲁首都利马举行合同签字仪式，届时总统本人将出席。

首钢令人目不暇接的大规模收购举动，在世界钢铁业引起了不小的震动。

……

是啊，首钢改革的成就是巨大的，更是大家公认的。

1991 年 6 月 15 日，全国人大常委会常务副秘书长曹志和 3 位副秘书长及部分人大常委会委员来到首钢参观、考察。

在参观二号高炉时，大家看到二号高炉主设备全部实现了计算机控制，纷纷称赞首钢近年来实行承包制给企业带来的巨大变化。

曹志看了首钢的变化非常激动，他兴奋地说："首钢承包制的经验是成功的。二号高炉大修改造只用了 55 天，自动化程度这么高，真了不起！你们这种精神值得全国大中型企业学习。"

全国人大常委会副秘书长李钟英也说："首钢靠的是两点：一是充分发挥全体职工当家做主的主人翁责任感，一是重视科学技术，充分认识科学技术就是生产力，首钢走的路子是很正确的。"

全国人大常委会委员、总政治部原副主任黄玉昆激动地说："毛主席的一切为了群众、一切依靠群众的群众路线在二号高炉大修改造中得到了充分体现。你们真正做到了工人阶级当家做主，真正调动了全体职工大干社会主义的热情。"

全国人大常委会委员、人大法律委员会副主任顾明看到首钢的巨变，感慨地说："中国人的潜力大，我相信按着首钢的这种成功经验发展下去，21 世纪我们国家绝不是现在的样子。"

在人大、政协、国家计委等国家机关给予首钢改革很高评价的时候，经济界、理论界也对首钢改革表示了由衷的赞同。

北京市社会科学学会联合会常务副主席方玄初，专门写了一篇《首钢经验为我们提供了一把搞活国营大中型企业的钥匙》来赞扬首钢的改革。

方玄初在文章中这样写道:

> 首钢改革实验已经 12 年了,成效卓然,有
> 目共睹。研究如何搞活大中型企业,就会自然
> 而然地想到首钢,希望更全面深入地了解首钢,
> 希望从首钢的实践和经验中得到启发,以至得
> 到某些具有根本性质的答案。

改革开放以来,首钢还迎来了一批又一批海外宾朋。
截止到 1990 年 10 月,有来自近 100 个国家和地区的两万
多名外宾访问了首钢。

这些来自世界各地的各国政要、知名人士或者企业
代表,在参观访问首钢后,无不对首钢改革取得的成就
表示了高度的认可。

1984 年,美国驻华大使伍德科克离任前,特地再次
来首钢访问。他说:

> 我十分高兴地看到贵厂 6 年多来发生的巨
> 大变化。你们是中国现代化建设中成功的楷模。

1987 年 10 月 13 日,苏联工商会主席团副主席卡那
耶夫访问首钢时说:

在近年来的改革中，首钢的成就在苏联很有名气，我们现在制定的经济核算制就是从你们的承包制而来。你们比我们改革的时间早，在很多方面，你们比我们更有成就。

1989 年 6 月，玻利维亚参议院议长西罗·洪堡·巴雷罗博士、众议院议长瓦尔特·索里亚诺·莱亚·普拉萨博士等来首钢参观访问。

看到首钢的巨大成就后，普拉萨议长说：

贵公司每年上缴利润递增 7.2%，实现利润每年递增 20%，像这样高速度的发展只有在中国能发生。钢铁是工业之母，我认为你们生产发展这么快是 10 年改革的成就。

1990 年 2 月，黎巴嫩共产党政治局委员侯赛因·哈姆丹来首钢参观访问时说：

我们知道现在世界上有些社会主义国家发生了消极的变化，但你们首钢的经验证明了你们所走的社会主义道路是正确的。你们使职工真正成为企业的主人。现在有些社会主义国家实践的失败，主要是因为没有使职工感到他们是企业的真正主人。

与此同时，法国、意大利、日本等多国政要等都曾访问过首钢，并对首钢改革的成功表示了巨大的赞赏。

看到如此多的赞誉，以前质疑首钢的人也开始承认首钢改革了，他们诚恳地说道：首钢改革是中国改革的一个成功样板，它将和中国的改革开放一起享誉海内外！

邓小平肯定首钢改革成果

1992 年 5 月，古都北京，春暖花开。

就在此时，首钢迎来了它最伟大的时刻，改革开放的总设计师邓小平要来首钢视察。

消息传来，首钢立刻沸腾了，10 多年来，在邓小平提出改革开放的大背景下，首钢改革取得了巨大成功，首钢人民的生活水平获得了巨大提高，作为首钢人，他们是多么希望邓小平来首钢看看啊！

5 月 22 日，这个神圣的日子终于到来了。

8 时 20 分，一辆小面包车停在首钢总公司的院里，邓小平来了！

首钢党委书记周冠五急忙迎上去，握住邓小平的手，高兴地说："首钢职工早就盼着您来了！"

接着，邓小平认真地听取了首钢的改革工作汇报。听了首钢的改革情况后，邓小平风趣地说：

> 我赞成你们。路啊，是历来明摆在那里的，走得快、走得慢、走得好、走得坏，那就看走的路，第一是对不对，方向对不对；第二是走得好不好。
>
> 你们两条都对了。

听了邓小平的话，周冠五备受鼓舞，他说："首钢实行承包制 13 年来，实行利润按不变价格计算，平均每年以 20% 的速度增长。其发展速度超过了世界 500 家大企业 1953 年以来平均增长速度的一倍。这样高的增长速度，在世界上也没有先例。"

听到此，邓小平举起右手在空中一劈又一抬，铿锵有力地说道："现在就是要解决把大中型企业搞活这个问题呀，要全面动起来才行啊。"

看了看大家，邓小平接着说："大家都说改革。什么叫改革？怎么改？改了以后路子怎么走……明摆着首钢这么好的经验，究竟有多少家在真正地学习啊？学要放下架子！"

怎样搞好搞活国有制企业，是邓小平同志这次钢城之行的中心话题。那么，现在在这个问题上毛病出在哪里呢？

对此，邓小平给出了答案，他说："真正的毛病就在上层建筑的机制和机构的改革问题，真正给企业权力。"

接着，邓小平又补充说："你不搞活，社会主义优势在哪里？"

在提到改革的步子为什么迈不开时，邓小平说："最主要的还是人的思想没有解放啊……换个脑筋就行了。脑筋不换，怎么也推不动。脑筋一活了，想的面就宽了，路子也就多了。"

接下来，邓小平又提到了首钢的问题。

当时社会上，总还有那么一些人认为，首钢发展得快，是少交了利税。

于是，周冠五向邓小平说："1991 年，首钢上交国家的利税是 18.15 亿元，比改革前的 1978 年多出 14.44 亿元。"

对于首钢以前面临的争议，邓小平是清楚的，此时听了周冠五的话后，邓小平明确地说："首钢交的利税是不少的，放水养鱼好，对国有制企业不能走卡紧的路，只能走放松的路。"

接着，邓小平又说："有这样一种意见，多交点给国家，管财政的就少说话了。现在我不赞成，要求发展好的企业交得太苦了，打击积极性，不好。"

听说首钢几年前就打进了国际市场，现在在国外有独资和合资企业 10 多个。

邓小平高兴地说："出口大幅度增长，这个非常好。美国人懂得利用首钢自动化技术优势，中国人不会利用，这是落后现象。"

看着首钢的同志，又看了看随行的同志，邓小平大声说："国有制大中企业不要有自卑感。可以自己干，这是一个机会，扬眉吐气的机会。为什么别人能干出来自己干不出来？我们完全有能力依靠自己的力量干。"

了解到首钢这 10 多年的改革之路的艰辛后，邓小平对周冠五说："赞成改革的人，赞成发展的人，要挺住，你们就挺住了，挺得好。"

听完汇报后，邓小平精神依然很好，他提出，到下面走走，看一看首钢的职工们，看一看首钢的厂貌。

在周冠五等人的陪同下，邓小平来到刚刚竣工投产的四号高炉。兴致很高的邓小平在圆形平台上环行一周后，又走进全自动化的主控室参观。

在自动化的主控室里，周冠五大声向邓小平介绍了四号高炉采用新技术的情况和工艺流程，邓小平听后，高兴地连连说：这是高科技，现代化。

接着，邓小平一行又来到首钢第二炼钢厂，当他知道这是从国外购买的一座二手设备经过改造建成的现代化的钢厂后，邓小平说："这是条捷路，水平也不低。"

邓小平来到了首钢，无疑是对首钢改革的巨大认可，特别是那句"明摆着首钢这么好的经验，究竟有多少家在真正地学习啊？学要放下架子"更是给了首钢以极高的评价。

得到邓小平及国内外的认可后，首钢改革的步子更大了，效果更明显了。

首钢经过 20 多年的改革发展，已经跻身于世界超大型钢铁企业之林。但是，无论何时，首钢人都不会忘记 20 世纪 80 年代的那场首钢改革，因为是它为后来的首钢奠定了成功的基石。

本书主要参考资料

《周冠五与首钢》 王宗仁 百花文艺出版社

《首钢改革》 首钢改革编辑部编 北京出版社

《共和国经济风云》 赵士刚主编 经济管理出版社

《难忘这八年（1975—1982)》 程中原著 世界知识出版社

《转折：亲历中国改革开放》 吴思 李晨著 新华出版社

《邓小平的最后二十年》 余玮 吴志菲著 新华出版社

《华夏金秋》 柏福临主编 吉林大学出版社

《中国现代史资料选辑》 彭明主编 中国人民大学出版社

《风云七十年》 郭德宏主编 解放军文艺出版社

《首钢实行经济责任制的经验》 冶金工业部等合编 北京日报出版社

《中南海三代领导集体与共和国经济实录》 王瑞璞主编 中国经济出版社